Sous les platanes de Manhattan

Illustrations intérieures : Julia Gash

Dépôt légal : Novembre 2024
Numéro d'édition : 26153/02

KATHERINE PANCOL

SOUS LES PLATANES DE MANHATTAN

ALBIN MICHEL

UPPER
EAST SIDE
CENTRAL PARK
MANHATTAN
MIDTOWN
HELL'S
KITCHEN
E
N
S
O

BROOKLYN
EAST RIVER
EAST VILLAGE
CHINATOWN
GREENWICH VILLAGE
LITTLE ITALY
WEST VILLAGE
LOWER MANHATTAN
HUDSON RIVER

PRÉFACE

Un écrivain qui n'écrit pas chaque jour est un écrivain qui rouille.

L'écrivain a besoin d'une gymnastique quotidienne. Exercer ses dix doigts sur le papier ou sur un écran, poser des mots comme des briques, chercher une image qui saute au visage ou pique le lecteur qui pourrait roupiller. La danseuse s'exerce à la barre, le pianiste fait des gammes, la soprano vocalise, le peintre lance des couleurs sur une toile, le cuisinier tente une nouvelle recette, le couturier croque une silhouette à la terrasse d'un café, le tapissier choisit ses fils de couleur. Tous, ils s'échauffent, s'émulsionnent, frétillent, prêts à basculer dans ce mystère délicieux qui torture et s'appelle « créer ». Chaque matin, il faut aller à l'entraînement tel un sportif de haut niveau. Pas de récolte sans sueur. C'est ainsi que les « posts » d'Instagram ou de Facebook ont fait irruption dans ma vie. Ils sont devenus mes exercices du matin. Raconter une ville, une situation, un dialogue ; illustrer une émotion ; montrer la vie du bout des mots. Des mots concrets qui claquent dans le cerveau. Longtemps, j'ai pataugé dans l'écriture de mes posts. Gênée par la longueur imposée, pas plus de 2 200 signes, points et virgules compris, 2 201 et hop ! le couperet tombe. Texte rejeté ! Obligée de trousser une histoire en peu de mots, d'accrocher le lecteur, de l'affriander pour qu'il entre dans le récit et s'y trémousse. J'ai appris à me jouer du format imposé. Coupe, coupe, ma fille, et tu trouveras un joyau.

C'est arrivé un petit matin alors que j'étais dans ma cuisine à New York en train de siroter un café insipide. La vitalité, l'énergie de cette ville m'ont donné un élan, ont collé des ailes à mes doigts sur le clavier. Mais oui, bien sûr ! Je pouvais tordre les mots, en inventer de nouveaux, les alambiquer, les faire chanter, hurler, ils résonneraient de plus belle. À New York, dès qu'on met un pied dans la rue, on est éclaboussé par les détails, le bruit, les couleurs, les odeurs. La ville vous emporte. Fait sauter tous les barrages. On marche dans New York comme dans un film. Décapsulée, j'étais ! Je pouvais faire fi du cadre imposé (2 200 signes) et même, ô bonheur, l'utiliser. Ah ! Ah ! loi des réseaux, vous croyiez m'emprisonner ? Vous m'avez délivrée. J'allais désormais chevaucher à la hussarde. Chercher, récolter, déployer, puis couper, couper pour mieux tendre le jarret.

C'est ainsi qu'est né ce petit livre qui narre deux mystères : la magie de New York et celle de l'écriture. Le tintamarre de la ville et le travail en sourdine de l'écrivain qui rumine. Partout où j'allais, je notais des adresses, des détails pour vous les livrer, vous rendre ivres, avides de les dévorer. De les noter pour un jour les rencontrer. Je les versais dans mes posts, et racontais en parallèle un livre nouveau en train de naître. La vitesse de l'éclair contre le lent travail de l'écriture. Au lieu de se caramboler, les deux se sont enlacés. Je jubilais. Et vous qui lisiez, vous jubiliez aussi. Encore, encore des mots qui sonnent et empoignent la vie ! Et je m'électrisais, les doigts dans la prise. Heureuse et libre.

Ciel ! Je viens de vérifier : cette préface dépasse le nombre de signes imposé par les réseaux tyrans. Je vais me faire couper la chique… Pas grave, ma fille, tu écris une préface, pas un post, gambille tranquille !

NEW York

1er VOYAGE : OCTOBRE 2023

6 octobre (juste avant mon départ pour New York) : Oh ! Boy ! Ce regard qui me fixe, lourd, humide de tourments, d'interrogations. « Tu fais quoi à courir à droite, à gauche, à essayer des pulls, des écharpes, des jeans, à prendre des poses devant le miroir, c'est pour qui tout ça ? pour quoi ? »

Et si je n'avais pas compris qu'il souffrait, tremblant, aspiré de chagrin, il se colle contre moi, emboîtant chacun de mes pas, son dos appuyant contre mes jambes quand je suspends ma marche dans l'appartement. Je m'accroupis, caresse sa tête, murmure : « Je vais partir, mais je reviendrai, promis, j'ai besoin d'aller à New York, c'est mon autre ville, tu sais bien, j'y ai vécu dix ans. C'est comme Paris pour moi. Je ne peux pas t'emmener, ce n'est pas un endroit pour les chiens là-bas, tu serais malheureux. » Et sa presque grève de la faim… « Tu crois que tu vas me faire oublier la grande valise rouge, gueule ouverte sur le parquet, que tu remplis petit à petit ? Tu penses que tu vas m'amadouer avec un petit gâteau ou un plat pour chiens délicats ? Je ne suis pas dupe. »

Il saute dans la valise rouge et me fixe, toujours grave, en apnée de douleur. Et mes bras chargés de pulls, de tee-shirts, de chaussettes retombent et je soupire : « … mais tu seras avec Martine, mon amie libraire. Tu connais sa jolie librairie à façade rouge, tu ne seras pas en terre inconnue au milieu des piles de livres. Elle t'emmènera gambader dans les bois, autour des lacs, elle te parlera

anglais, toi, petit border terrier qui vient d'Écosse, elle te mitonnera de bons petits plats... »

Et puis ce n'est que pour un mois, ça passe vite pour un petit Boy qui ne connaît pas le calendrier...

8 octobre :
Départ pour New York, Orly terminal 4. Je suis assise sur les genoux des anges, un sourire de citrouille heureuse fend mon visage. L'avion a du retard. Une heure, deux heures, trois heures, qu'importe !

Je furète dans les couloirs de ce tout nouveau terminal, tombe sur une fontaine à eau qui dit qu'en France on vit d'amour et d'eau fraîche ! Reviens m'asseoir, reprends mon sourire de citrouille et attends.

Arrivée à Newark. Taxi jaune. Le chauffeur, haïtien, vit depuis quarante-trois ans à NY mais n'a pas oublié son français. Costume en Tergal beige, dos d'athlète, cravate et lunettes noires. Il parle, parle, heureux de faire chanter une langue presque oubliée. La nuit tombe, les gratte-ciel s'allument, ma tête se dévisse, je ne veux rien manquer. On longe l'Hudson River, on traverse Central Park, feux rouges qui se balancent au-dessus de nos têtes, sirènes d'ambulances, de voitures de police, il me raconte l'histoire de son île natale, les Duvalier, les tontons macoutes, la violence quotidienne, les gangs. Il y retourne trois fois par an et en revient secoué de larmes : « Et alors je ne sais plus où habiter… »

Le taxi s'arrête, je lève le nez, je suis arrivée chez mon amie Christy, tout en haut de la ville, *on the* East Side. La magie new-yorkaise va commencer…

10 octobre :

Hier, *first morning in* New York !
6 heures 30 du matin, réveil (décalage horaire oblige !), petit déjeuner, douche,

poudre sur le nez, j'ouvre la porte de l'appartement pour aller fureter à Central Park. Christy habite en face du Park, juste après le Guggenheim Museum. Un immense appartement où elle accueille tous ses amis qui viennent à New York. Comme si c'était évident. Comme si c'était une offense d'aller habiter ailleurs. Christy est un tourbillon, parfois dur à suivre. Elle arpente l'appartement (les musées et les rues) deux téléphones collés aux oreilles et mène deux conversations en même temps, l'une avec le plombier, l'autre avec un producteur de films pour mettre en ordre tous ses projets. Christy est une femme d'affaires très, très occupée.
À mon retour du parc, Grace est là ! Grace est la dame qui s'occupe de l'appartement, de Christy,

de son emploi du temps, de ses requêtes, de sa tête en l'air. Grace est le cerveau de Christy. On se prend dans les bras, on s'embrasse, on bavarde. Je lui ai apporté un parfum de Serge Lutens (qu'elle a reniflé sur moi, la dernière fois). Grace est une personne très réservée, mais je crois bien qu'elle était contente.

Je repars dans le parc, il fait beau (un peu frisquet, 9 °C), des gens courent, bicyclettent, promènent des chiens réunis en groupe de quatre ou cinq, leurs laisses s'emmêlent, les chiens tirent à hue et à dia, se font rappeler à l'ordre. Boy, qui n'a pas la mentalité d'un chien de traîneau, détesterait.

Nez contre la grille qui entoure le Réservoir, immense étendue d'eau qui alimente la ville. Au loin, les gratte-ciel de Central Park West. Les arbres sont vert-vert, pas de rouge, ni d'orange, ni d'écureuils au pied des arbres qui attendent le touriste. Et pourtant, c'est l'automne, tout devrait être jaune.

Un petit tour au Guggenheim. Juste pour me remplir les yeux de l'escalier qui descend comme une grosse vis du plafond. Déjeuner dans un restaurant chinois sur la 87e Rue et la 3e Avenue avec Charlie, mon amour d'amie new-yorkaise. On se connaît depuis longtemps ! Elle venait étudier un an à Paris, j'étais alors journaliste à *Paris-Match* et à *Elle*. Coup de foudre amical. On ne s'est plus jamais quittées. Jamais oubliées. Charlie s'occupe de promouvoir le travail de jeunes artistes auprès de fondations et de musées. La conversation galope.

On repart bras dessus, bras dessous. En zigzag. On se serre les coudes. Les poubelles sur Lexington sont orange. Les terrasses fleurissent. Chaque café, chaque boutique a son appendice sur le trottoir. « C'est nouveau, ça », je dis à Charlie. « C'est depuis le Covid pour attirer le client qui avait déserté ! » Madison Avenue est toujours aussi chic, les boutiques de luxe défilent. Park Avenue, majestueuse… et sinistre, la Cinquième, immuable de traditions et d'histoire. Cary Grant, Deborah Kerr, Audrey Hepburn, Jane Fonda, Tom Hanks et beaucoup d'autres s'y sont promenés.

La ville a changé, elle change tout le temps, et pourtant c'est la même émotion, la même énergie qui électrise. Des bouts de mon passé défilent. J'ai vécu là et là et là aussi, je relève des noms de rues, de cafés, de stations de métro… C'est comme si je marchais sur du vieux avec des pieds tout neufs !

11 octobre :
Impossible de ne pas galoper à New York. C'est comme si on avait les doigts pris dans une prise électrique ! Hier, la mission, pour My Friend et moi, était de trouver un pub ou un restaurant français qui retransmettrait les quarts de finale de rugby (alerte ! Coupe du monde), samedi et dimanche prochains, à 15 heures, heure locale. Samedi, c'est pour encourager l'Irlande, dimanche pour applaudir les Français.

On repère sur Google des pubs *downtown*, *uptown*, et on part à l''assaut. Métro n° 6 *downtown* (pris sur Lexington), on descend à Canal Street, gigantesque marché en plein air (on y trouve tout, tout et tout), et on va toquer à l'angle de West Broadway chez Joseph, un restaurant français. Pas de chance, il a fermé (victime du Covid). On repart dans Soho, vire à droite vers l'East Village, traverse Bowery, Forsyth Street (j'y ai habité !), et, en tournant sur Orchard Street au n° 127, je reconnais le restaurant Russ & Daughters où je m'empiffrais de poissons fumés, de pommes de terre, de *honey cakes,* quand j'habitais le quartier. *Delicious, indeed*. On s'y sent si bien. My Friend s'y prélasse et commande moult desserts pour ne plus repartir !

À presque chaque coin de rue (*downtown*), on respire des bouffées de cannabis, en vente libre depuis un an. Pour en acheter, deux conditions : avoir une carte d'identité ou un passeport et payer en liquide. *Amazing !* On repart, on visite des pubs (la moitié a fermé, toujours à cause du Covid). On continue. Second Avenue, First Avenue, Avenue A, Avenue B, Avenue C. Au petit trot, on remonte vers Union Square où des joueurs d'échecs s'affrontent, la mine grave comme s'ils avaient le doigt posé sur l'arme atomique. Et hop ! on saute dans un bus, on aura peut-être plus de chance *uptown*.

On avait vu juste. Au premier pub irlandais, le Dylan Murphy's sur 3rd Avenue (entre les 82e et 83e St.), bingo ! La serveuse derrière le bar est irlandaise, pétillante, *very friendly*. Quand on prononce le mot

« rugby », elle se frappe la poitrine et crie que les Irlandais vont gagner samedi. « Venez, venez et surtout portez du vert ! On sera tous irlandais ce jour-là ! » Rendez-vous est pris.
Reste le principal : le match France/Afrique du Sud. Lumière dans ma tête : on va aller au consulat de France sur la 5e Avenue. Cap sur Albertine, la librairie française dans les locaux du consulat. Une bonne fée, Miriam, agite sa baguette : oui, il y a une retransmission organisée par les Français de Manhattan au pub 5th & MAD sur 5th Avenue et 36th St. ! Gagné ! On va pouvoir hurler devant un écran géant en mangeant de la baguette et du saucisson.
Le soleil se couche sur Manhattan. Mission remplie.

12 octobre :

« *Sunny day, brilliant day, what a day !* » s'exclamaient les journalistes météo ce matin sur toutes les chaînes de télé, 70 °Fahrenheit assurés (21 °Celsius). Un café, un bout de fromage, trois noix du Brésil, deux œufs coque, un selfie avec Grace toujours royale, j'enfile mes chaussures argentées (j'ai apporté très peu de fringues, va falloir vous habituer !), enroule mon écharpe jaune, attrape mes lunettes noires et hop ! direction Central Park. Tour du Réservoir (je ne m'en lasse pas !). Les gens courent langue pendante ou poitrail arrogant, certains lisent un écran, d'autres discutent un contrat au téléphone, pas une minute à perdre. *Time is money !*

Comme de bien entendu, je me perds en route. My Friend aussi. On rencontre des écureuils, un p'tit pont romantique, une pelouse anglaise et… je ne sais plus où nous sommes ! Un joggeur au torse sanglé de muscles nous remet sur le droit chemin et repart en courant. Pas une minute à perdre !

Déjeuner chez Nougatine (trois-étoiles, un grand chef qui s'appelle Jean-Georges) au 1 Central Park West avec mon amie Marianne, Française qui vit à Manhattan depuis vingt ans et court

tous les marathons du monde. Paris, New York, Buenos Aires, Londres, Chicago, etc. Marianne est encore plus optimiste que moi et ne voit que des verres à moitié pleins. Son mantra : « Elle est pas belle, la vie ? » Oui, oui, oui.

Promenade dans le Upper West Side. J'avais l'habitude d'aller aux puces le dimanche sur Colombus et 77th St. (vestes d'homme, pantalons trop larges, bijoux toc-toc). Un p'tit tour chez Zabar's. J'achète leur *it bag* à 20 dollars, p'tit cabas chic et pratique, un presse-citron (pour le jus du matin, teint clair et nettoyage du foie, hihihi !). Balance mon p'tit cabas et me remplis de soleil. La vie est belle… même si je sais que non, pas vraiment. Sur le tronc des arbres, les New-Yorkais ont affiché le portrait des otages israéliens et un avis de recherche. Faites circuler !

À la 72e St. et Central Park West, arrêt devant le Dakota où fut assassiné John Lennon, il y a bientôt quarante-trois ans. Les badauds traînent toujours devant l'entrée, ils déposent des fleurs et allument des briquets. Arrêt suivant à Central Park dans le jardin qui lui est dédié. *Strawberry Fields… forever.* Des chanteurs grattent leur guitare. Les gens se recueillent. Le soleil décline. Va falloir rentrer.
C'était *another glorious day* dans cette ville électrique…

13 octobre :
Encore *a glorious day* !
Trajet en bus cette fois. Cap sur le bas de la ville et le Whitney Museum. Dans le Meatpacking (c'est le nouveau quartier à la mode qui crée, qui respire). On descend la 5e Avenue, belles vitrines chez

Bergdorf Goodman, boutiques de luxe qui scintillent, bretzels et hot dogs dégoulinants dans les petites charrettes, Prométhée portant le monde (comme il pèse lourd en ce moment, notre monde !) au Rockfeller Center, cathédrale Saint-Patrick. On saute du bus et on vire à droite vers Times Square. Mauvaise idée ! Tous les touristes du monde s'y sont donné rendez-vous. Marée de portables, de groupes aveuglés par les néons des pubs, ordres aboyés par des guides affolés, chauffeurs de taxi couchés sur leur klaxon, vite, vite, on dégage vers l'East Side.

Au Whitney… au sixième étage, je suis frappée par la foudre. Accrochés aux murs, les tableaux de Henry Taylor, peintre américain, contemporain, noir, qui raconte la vie des siens. Allégories, détails de la vie quotidienne, fantasmes, violence, douceur, malheur. Je m'arrête devant chaque tableau et le bois. Plus envie d'aller voir les autres étages. Besoin de m'asseoir sur les marches du musée et de digérer. C'est ça, la peinture, montrer sans dire, avec des détails, comme l'écriture…

Souffle coupé. Peux plus marcher. My Friend veut repartir. Pas tout de suite. Envie de monter vers le ciel bleu. Seule. Et je grimpe les marches vers la High Line, une promenade toute verte, suspendue au-dessus des rues de Manhattan (de Gansevoort Street à la 34e Rue). À la 20e Rue, je redescends, toujours ivre. Un petit tour à la Praxis Gallery (20th St. et 10th Avenue), tenue par des amies argentines, désireuses de faire connaître la peinture de leur pays et de l'Amérique du Sud. Justina me montre les tableaux des dernières expos. On bavarde, un café tiédit entre nos mains, je lui raconte Henry Taylor, elle me raconte la vie des artistes immigrés aux États-Unis. Pas facile. Je me souviens du roman de Henry Miller, *Lettres à Emil*, racontant ses galères et sa frénésie lorsqu'il débarqua à Paris dans les années 1930.

Le soir, une alerte est donnée. À la radio, sur les écrans de télé et de téléphone. Demain, faites attention ! On prévoit des manifestations contre la guerre à Gaza. Éviter les lieux touristiques, les musées, les synagogues, les écoles, le métro, Central Park, « *Tomorrow is a rage day* », la colère va gronder dans les rues…

14 octobre :

Mission pour aujourd'hui : trouver un truc vert à porter pour assister au match Irlande/Nouvelle-Zélande au pub Dylan Murphy's. « Du vert ! du vert ! nous avait dit la serveuse irlandaise. Montrez que vous êtes avec nous ! » Une écharpe, une casquette, un pompon ? Nous optons pour la casquette. Virage sur Lexington, bref arrêt à la hauteur de la 83e Rue devant la Luncheonette où, il y a quatre ans, je m'étais métamorphosée en groupie déglinguée devant Paul McCartney, qui dévorait un hamburger, assis à mes côtés. J'avais fini par me calmer, par reprendre mon souffle, aidée par les petites tapes

affectueuses de l'ancien Beatles qui me répétait : « Ça va aller ! ça va aller ! », « Mais vous ne vous rendez pas compte, je hoquetais, vous êtes un grand morceau de ma vie, j'ai grandi avec vos chansons ! », « Je sais, je sais, mais j'aimerais bien déjeuner tranquille. » J'avais fini par m'excuser et l'avais laissé en paix, tout en lorgnant sur lui pour m'assurer que je ne rêvais pas.
On dévale des blocs entiers de rues. Zigzaguons entre Bloomingdale's, H&M, Old Navy, pas le moindre pois vert ! My Friend a une adresse (*downtown*) de restaurant recommandé par Nicole Kidman, nous y fonçons tout en salivant et déchantons : le HanGawi n'ouvre (en semaine) qu'à 17 heures. Pas grave ! Il y a un japonais un peu plus bas, le NoNoNo. La serveuse nous tend un menu illisible. Écrit en minuscule. On commande au pif. Et on essaie de deviner ce que l'on mange.

Et si on allait voir le Flatiron Building, cet immeuble en forme de fer à repasser à l'angle de Broadway et de la 5e ? Reprise au galop, nouvelle déception !

Le Flatiron est ficelé dans des échafaudages de plaques et de piques. Méconnaissable ! Je me laisse tomber sur un banc et m'écroule de rire. Essayons Broadway. Les vendeurs à la sauvette y pullulent. On trouvera bien une casquette verte sous une pile d'écharpes. On en déniche une. Une seule. On va tenter Levi's (sur Broadway, entre Spring et Broome Street). Là, c'est sûr : on trouvera. Juste avant Levi's, arrêt chez Brandy Melville, un magasin de fringues dont je garde un souvenir réjouissant. Grincements de dents : tous les vêtements sont en taille XS ou XL. Rien entre les deux. On fouille, on s'énerve, on repart. 22 104 pas au compteur, et il nous manque toujours une casquette.

Une expo photos au Fotografiska, 281 Park Avenue. On tend nos cartes de crédit. Bloquées. Je demande combien vaut un ticket. « 31 dollars », me répond un hautain méprisant. « *Whaaaaat ?* »

je rugis. La veille, pour 23 dollars, au Whitney j'ai eu l'honneur de faire connaissance d'Henry Taylor ! « C'est comme ça. Si ça ne vous plaît pas, dégagez. » On dégage vite fait. On saute dans un bus direction *uptown*. La clim nous glace, on tousse, on frissonne, le bus tangue.
Mais… demain sera un jour formidable ! On verra l'Irlande triompher (on aime bien les Irlandais, pas beaucoup les Néo-Zélandais).

15 octobre :
Samedi. Il pleut dru, le thermomètre dégringole, nous avons rendez-vous à 15 heures dans le pub irlandais pour voir le match Irlande/Nouvelle-Zélande. C'est l'événement du jour. Inutile de nous parler d'autre chose. On a commencé dès le matin à faire et à défaire le match. Et si… et si … et si… À organiser les prochaines rencontres… et si… et si… et si… À soupeser le moral des troupes, car il n'y a pas que le physique qui compte, il y a les angoisses, les complexes, les anciens échecs qui reviennent et coupent les

jarrets. On suppute en buvant du café, en lisant la presse sur nos portables.

13 heures, on se met en route. On aura ainsi le temps d'étudier la salle et de choisir le point stratégique où nous poser. Je coiffe ma casquette verte en promettant de la partager. Reçois une rafale de pluie sur le trottoir. Avance, courbée à 90 ° degrés pour éviter l'impact et ne pas être plaquée. Mon cœur balance. J'aime le jeu des Irlandais, la grâce, les passes. My Friend préférerait qu'ils soient éliminés car ce sont, à son avis, les seuls qui peuvent nous battre. Et le jeu des « et si… » recommence lorsque, au coin de Lexington et de la 3e Avenue, nous apercevons… une casquette verte sous un plastique trempé. Hourra !

Le pub se remplit. On a pris place à une table, face à un grand écran, au milieu d'une famille irlandaise qui a bien voulu nous accueillir en apercevant nos casquettes. Les bières défilent. Le match commence. Ryan, mon voisin, me

fracasse l'épaule et les côtes à chaque élan de son équipe. Rugit : « *Come on, Jimmy ! Come on, Johnny !* », se dresse, vocifère et s'écroule quand l'action échoue. À la mi-temps, il m'explique qu'ils reviennent de Las Vegas où ils ont assisté au concert de U2 dans la gigantesque sphère contenant 80 000 spectateurs. Il me montre des vidéos éblouissantes. Toujours jovial. L'Irlande ne perd que d'un point et, c'est sûr, va gagner ! J'opine. Quarante minutes plus tard, l'Irlande s'incline.
Johnny Sexton, James Lowe pleurent sur la pelouse. Ryan aussi, le front posé sur la table.

Et le prochain match ?
On se prépare pour France/Afrique du Sud en claquant des dents…

16 octobre, jour du match de rugby de la France :
Et pourtant la journée avait bien commencé…
Température frisquette mais ciel bleu et grand soleil.

Un tour aux puces du dimanche sur Colombus Av. et 77e St. Ce jour-là, Colombus est fermée aux voitures de la 66e à la 76e St. On peut s'y promener le nez en l'air.

Les puces sur Colombus, autrefois… quand je vivais à New York, c'était l'endroit où s'habiller. Des pantalons à la Annie Hall, des 501 usés, des vestes de garçon en gros velours ou en tweed, des chemises de grand-mère, des robes années 1950. Aujourd'hui, c'est plutôt fouillis et compagnie, mais on peut y trouver un petit bonheur.

Déjeuner au café Boulud, 1900 Broadway, en face de l'Opéra. Une très bonne adresse. Chaleureux et bon. Je me chauffe les tibias pour le match à venir (France-Afrique du Sud) et bombe le torse. Même pas peur !

Le match est retransmis dans le pub préféré des Français à New York, le 5th & MAD. L'ambiance est bouillante. On se lève tous aux hymnes, la

main sur le cœur. Coup d'envoi. Premier essai français. On se déchire de HOURRAS ! Et puis… on ondule. Joie ! Désespoir ! Joie ! DÉSESPOIR ! Un petit point, un tout petit point nous éjecte de la compétition…
Va me falloir marcher au moins 50 blocs avant que le verrou sur ma poitrine ne saute. Je mâche et remâche le match. Je n'arrive plus à respirer et je déteste l'arbitre néo-zélandais.

17 octobre :

Aujourd'hui, visite au Metropolitan Museum (le « Met », disent les New-Yorkais). Attachez vos ceintures ! Préparez-vous ! C'est comme embarquer pour la Lune. Vous n'y allez pas en passant par là et en achetant un ticket. Non, non, non ! Vous prenez votre billet sur le site du musée (sinon vous piétinez une heure devant les guichets), vous étudiez ce que vous voulez voir (il y a tellement de salles que les gardiens, eux-mêmes, en perdent leur casquette) et vous avalez un tube de calmants pour rester d'humeur égale.

Mais je brûlais d'envie d'aller voir les deux « shows » dont on me parlait : Matisse-Derain et Manet-Degas. Et je me suis lancée. Midi : premiers barrages franchis. Je respire. J'ignore encore que je suis tombée dans un labyrinthe. « Matisse-Derain ? », « Vous allez tout droit, traversez les allées médiévales, passez devant les sarcophages, les bijoux de Néfertiti, les Vierges sculptées, tournez à droite, à gauche, prenez le second ascenseur, descendez au sous-sol, prenez à gauche… et vous y êtes ! » J'ai tout oublié et décide de suivre deux Américaines qui semblent s'y diriger. Bingo ! J'y suis. Et me délecte. Les tableaux, les notes sur les murs, comment les émotions ont explosé les couleurs et les codes de l'époque. Sable rouge, mer violette, bateaux jaunes... Bonheur !

Cap sur Manet-Degas. Le guide que j'interroge bafouille, mais c'est au *second floor*, il en est sûr. Et ça recommence : à droite, à gauche, traverser, second ascenseur, sarcophages, aller tout droit. Je tourne en rond petit patapon, monte, descends et finis par trouver. Pour m'entendre dire que je dois aller au fond à droite (environ 500 mètres), scanner un code qui m'indiquera le temps d'attente et... je devrai patienter. Je recevrai un sms qui me donnera le feu vert. Je me console avec les œuvres de Rodin dans une salle, le Moyen Âge italien dans une autre, et reçois, une heure après, un message : « Prière de vous présenter dans les plus brefs délais. » Je fonce. Et m'ébahis encore. La profondeur et l'éclat de Manet, la délicatesse parfois cruelle de Degas. J'ai l'impression que les tableaux me regardent et j'entre en eux. Je reste plantée là. Prosternée devant tant de force et de beauté. Mais la foule me bouscule. Bouge de là !

Je me faufile, me tasse, monte sur la pointe des pieds, gîte à droite, à gauche. Allez ! Allez !
16 heures 30. Je ressors étourdie, éblouie... épuisée. Et vais m'écrouler dans le parc avec les écureuils !

18 octobre :
Il y a une chose que j'aime par-dessus tout à New York, c'est prendre le bus, descendre et remonter la ville. Exemple : je pars de Central Park tout en haut de la ville, monte dans le bus M1 et descends tout en bas à Washington Square. (Compter une bonne heure !) Vais me balader à l'Est ou à l'Ouest selon mon humeur (East Village, West Village) et reprends un bus (sur Madison) qui remonte tout en haut (quand j'habite tout en haut). Ou l'inverse quand j'habite *downtown*. Dans le bus, j'observe les gens. Récolte des détails, (« les divins détails » de Nabokov). J'écoute leurs conversations, regarde comment ils sont habillés, s'ils se tiennent raides ou étalés, ont les lèvres pincées ou dévorent un hot dog, parlent en agitant

les mains ou gardent leurs sacs bien serrés sous leur bras, marmonnent ou hurlent parce qu'ils n'arrivent pas à ouvrir les portes du bus, « TOUCH HERE TO OPEN DOOR », dit pourtant la bande jaune.

Hier, j'ai pris le M1 et suis descendue *downtown*. Me suis assise sous les arbres toujours verts de Washington Square. Ai visité la caserne de pompiers qui a perdu tant d'hommes lors du 11-Septembre (leurs photos sont affichées sur tout un mur…). Ai retrouvé mon amie Charlie dans un restaurant japonais dé-li-cieux (mais très cher !), le Nami Nori, 33 Carmine Street. Nous avons déambulé dans Soho, tourné à droite vers le West Village (sorte de Saint-Germain-des-Prés), grignoté une gaufre géante, respiré des effluves de cannabis (impossible d'y échapper !), et vers 18 heures 30 j'ai filé à Sant Ambroeus, encore un restaurant dé-li-cieux (mais très cher !), 259 West 4th St., y ai retrouvé Dan, peintre dont j'aime les œuvres, la conversation et la vie. Dan est mon ami depuis longtemps. Je l'ai connu, fauché, le visage creux, la mine angoissée, ne vendant pas une seule toile, cherchant la galerie qui pourrait l'exposer. Le succès l'a arrondi, apaisé. Il a l'humour british, le sarcasme abondant, le dégoût facile et l'intelligence crépitante. Il peut paraître arrogant, mais il m'enchante. J'aime les gens difficiles, fermés comme des huîtres récalcitrantes qui ne veulent pas cracher la perle de leurs entrailles. J'arrive toujours à les ouvrir. Avec une remarque pointue, un sourire innocent.

Les New-Yorkais dînent plus tôt que nous. Vers 19 heures. Parfois même 17 heures 30. Ils ont changé leurs habitudes depuis la pandémie. Un dîner à 20 heures 30 est impensable.
Et puis je remonte vers le Guggenheim et les beaux quartiers, en taxi cette fois, rêvant au lendemain…

19 octobre :
A beautiful day ! Météo : soleil + nuages, mais pas de pluie. Ouf ! Sur la 5e Avenue, près de Central

Park, on croise des troupeaux de chiens agglutinés en spaghettis qui partent se promener avec leur *dog-sitter*. Boy serait outré, lui qui trottine libre et fier la plupart du temps (sauf dans les rues de Paris, bien sûr).

Cap sur le West Village. On prend un bus Crosstown (ils traversent New York d'est en ouest, d'ouest en est), on saute dans le métro sur Broadway (ligne 1) et hop ! nous voilà tout en bas. Toujours cette odeur de cannabis qui fait tourner la tête. Est-ce pour cela que les gens sont si cool, si gentils ? Ils s'excusent, « *Sorry, sorry !* », s'ils vous effleurent le coude, les voitures s'arrêtent devant les piétons et ne démarrent pas comme des Zébulons en faisant hurler leur klaxon et, dans les restaurants, les sourires sont au menu. On marche. On marche. On s'arrête à Stonewall Park, sur Christopher Street, le square où ont

débuté, à l'été 1969, les manifs LGBTQ. Un 28 juin, le bar, où avaient l'habitude de se retrouver tous les homosexuels de la ville, a été soudain envahi par une descente de police. À l'époque, lors de ces interventions, les policiers exigeaient des clients qu'ils présentent leurs papiers d'identité pour s'assurer qu'ils portaient bien des vêtements conformes à leur sexe. Toute personne refusant de s'exécuter était emprisonnée. Ce soir-là, ce fut une révolte qui se transforma en révolution. Sculptures et drapeaux dans le petit parc célèbrent cette date historique.
On continue sur la 6e Avenue. Et, au 414, on tombe sur la plus vieille pharmacie de New York, Bigelow Pharmacy, dont le slogan est « ICI VOUS TROUVEREZ CE QUI N'EXISTE NULLE PART AILLEURS ». Une vraie caverne d'Ali Baba. Crèmes, shampoings, remèdes de grand-mère, potions magiques…

À 19 heures, je reprends le métro et file tout en haut, sur Broadway et la 105e Rue, retrouver Marianne au Smoke, une boîte de jazz tout de

rouge décorée. La chanteuse, Lezlie Harrison, est spectaculaire et ses musiciens, piano, trompette, batterie, sont « oulala », comme ils disent ici. On finit la soirée avec le trompettiste, Antoine Drye, qui vient jouer à Paris une semaine début décembre... Oulala bis !
Encore *a perfect day and night in New York City* !

20 octobre :
Et les arbres sont toujours verts ! La météo est au tee-shirt-bermuda-lunettes de soleil, les joggeurs transpirent torse nu, les touristes bronzent, renversés sur les marches du Met. Dans un parc, j'aperçois un arbre tout rouge. Ça y est ! L'automne est arrivé. Mais une pancarte à son pied indique que c'est un érable japonais, un Acer palmatum Bloodgood, pourpre toute l'année.

Hier, bus, métro, et journée à Chelsea, le quartier des galeries de peinture (entre la 10e et la 11e Avenue, de la 20e à la 25e Rue environ). Arrêt chez mes amies argentines à la Praxis Gallery.

On contemple des toiles, on évoque New York, Buenos Aires, Paris. Déjeuner à l'Empire Diner, (une adresse à retenir, tout à côté) et on repart voir d'autres expositions (ici on dit « *show* » : « *Have you seen the Manet-Degas show ?* »). Fou rire devant certaines « œuvres » : une paire de chaussures posée sur une pile de boîtes blanches, un fauteuil suspendu au plafond ou un cabas bien sale, bien vide, posé à même le sol. Dis-moi, l'artiste, que veux-tu dire exactement ?

Pas grave ! J'ai toujours un livre dans ma poche. En ce moment, c'est une sélection des *Lettres de Madame la marquise de Sévigné*. Quelle brillante petite peste ! Sa plume virevolte telle une épée au-dessus de la tête de ses correspondants qui ont intérêt à se tenir à carreau, sinon elle lâche ses mots comme des bombinettes. Elle guette les lettres de Madame de Grignan (sa fille) en chouinant qu'elles sont trop rares, a des transports en les lisant, puis s'effondre en sanglotant car la prochaine n'est pas encore arrivée. Elle a dû être une mère lourde à porter. Pas étonnant que sa fille soit allée vivre à 700 kilomètres d'elle ! La marquise compte chaque kilomètre, les yeux rouges, le nez dans son mouchoir en dentelle, et menace d'expirer de chagrin…

21 octobre :

Hier, il a plu. Il a plu sans répit. Le ciel, l'humeur, le désir, tout était gris. J'avais « pas envie ».
C'était une journée à s'enfermer dans un musée, à choisir un tableau, puis un morceau de tableau, à le contempler jusqu'à en oublier le reste de l'œuvre, jusqu'à en saisir la beauté, la délicatesse, la singularité, la force de ce détail travaillé par le peintre.

J'aime découper les tableaux en morceaux. En élire un et m'y plonger. Une fois de plus, c'est le détail qui parle et nourrit. Peindre ou écrire se résume à cela : observer, attraper le détail qui montre sans rien dire, qui laisse à l'autre la possibilité de se laisser envahir par l'émotion et de rebondir, heureux, dans les flaques, les sirènes, les frissons.

Hier, à la Frick Collection, qui, momentanément, est hébergé dans les locaux de l'ancien Whitney, j'ai choisi un Fragonard (un peu écœurant, un peu « boîte à bonbons »), et mon œil a zoomé sur une ombrelle rose plantée dans un buisson. Un détail de rien du tout dans ce tableau baptisé *Love Letters*. Et l'ombrelle m'a éclaboussée d'une émotion légère, parfumée. J'ai oublié l'imperméable qui goutte, les bottes qui font flic-floc et le nez qui éternue. Ce fut un long rayon de soleil que j'ai étiré, étiré pour chasser les nuages.

22 octobre :

Et puis il y a Albert… Albert derrière son comptoir chez Morton Williams, sorte de Carrefour City sur Madison entre les 87e et 88e St. Albert est derrière le comptoir Traiteur. Chaque jour,

je vais lui acheter ma pitance (je ne cuisine pas…). Dès qu'on entre dans le magasin, on aperçoit Albert de loin. Albert sourit grand, large, chaud, de bas en haut. Son sourire chante : « Oh là là ! la vie est belle. » Albert porte un béret aplati, un beau tablier blanc, des gants blancs quand il vous sert et il sourit en vantant les crevettes, le poulet au curry, le riz croustillant, les épinards avec des gousses d'ail, les tranches d'ananas rôties. Il virevolte et soigne la petite vieille trébuchante ou l'homme d'affaires amidonné avec le même entrain. Il y a embouteillage devant le comptoir d'Albert. Chacun veut être son meilleur ami.

Hier… on s'est présentés. « Moi, Katherine, *and you* ? », « ALBERT ». Albert est marocain, parle français *very well*, son frère habite à Paris et lui-même y a vécu avant de partir pour New York. Albert est né à Rabat, moi à Casablanca, alors forcément on s'est serré la pince avec joie.
J'avais bien besoin du sourire calorifère d'Albert, hier. Il faisait froid, mouillé, le métro était marron-

gris, le vent piquait à chaque coin de rue. Mon humeur tournait gadoue.

23 octobre :
Ça y est ! Albert a bien voulu poser pour moi. Il a mis sa casquette à l'endroit, son petit col rouge bien à plat, et s'est affiché digne, « un sourire dans les yeux ». C'était hier, dimanche, je m'étais arrêtée chez Morton Williams. Clic-clac, Albert était dans la boîte.

J'allais voir un défilé de « chiens déguisés », à l'est de Manhattan, au bord de l'East River, sur 84th Street et East End Avenue (quartier très sympa, familial, petits restos pas trop chers, ça vaut le coup de flâner sur la 1re et la 2e Avenue, tout en haut…). Mon amie, Hélène, présentait son chien, Chewbacca, devant un jury, des centaines de spectateurs, des chiens décorés comme des chars de festival qui, à mon avis, n'avaient pas du tout envie d'être là. Ils se laissaient traîner comme de vieilles luges en bois, freinaient des quatre pattes, s'étalaient telles des crêpes devant les trois jurés, ruinant leur coiffure, leur costume de plumes, de gommettes, de carton. Chewbacca n'a pas gagné mais a trottiné, impeccable.

J'écoutais les conversations. Deux femmes, pomponnées comme leur chien, expliquaient que, depuis le confinement, les New-Yorkais avaient développé une passion immodérée pour leur chien. Psy, dermato, massages, séances de piscine pour arrière-train bloqué, tapis de course, yoga, biscuits protéinés, poussettes de bébé, et surtout dialogues. « Que se passe-t-il, *doggy* chéri ? Tu n'as pas eu de mots d'amour depuis deux minutes et tu es triste ? Comme je te comprends ! » Boy réprouverait. Question de dignité.

Et le soir, dîner chez Balthazar, une grande brasserie sur 80 Spring Street (dans Soho). Il faut réserver car tout le monde s'y précipite : plats succulents, ambiance cool, on ne se pousse pas

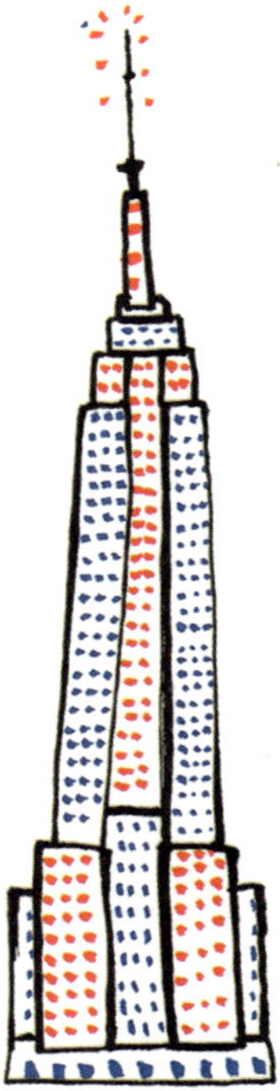

du col, on apprécie. On fêtait mon anniversaire (en fait, c'était la veille…), j'ai commandé en dessert un baba au rhum. Sans bougie ! Embrassades, cadeaux, bulles de champagne. J'étais comme les chiens du défilé : remplie de tendresse, d'amour, de mots doux. Manquaient les plumes, les paillettes, les couettes, les nœuds roses, et j'aurais trottiné devant le jury du carnaval de chiens…

24 octobre :

Hier, lundi, il faisait frais soleil et ciel bleu glacier. J'avais rendez-vous au cinéma AMC sur 2nd Avenue et 33th Street avec Charlie et Jim (son mari) pour voir le dernier film de Martin Scorsese : *Killers of the Flower Moon*. Les salles de cinéma ferment les unes après les autres à New York. Il faut gambiller pour en trouver une. Et dans les halls déserts et délabrés des dernières salles qui résistent, on cherche en vain un être humain. Tout n'est qu'écrans et machines qui crachent à la demande billets, boissons, barres chocolatées ou pop-corn.

J'ai marché une trentaine de blocs en tricotant les rues. C'est bientôt Halloween et partout surgissent des citrouilles, des squelettes, des araignées velues géantes, des sorcières, des fantômes en drap blanc, des chaînes, des cadenas, des Dracula… Suis pas sûre d'aimer ça. Le 31 octobre à 19 heures, sur la 6ᵉ Avenue (de King Street à la 15ᵉ Rue) aura lieu la grande parade Halloween. À ne pas manquer !

Fatiguée des citrouilles et des squelettes, j'ai sauté dans le bus M15, direction le cinéma. Charlie avait insisté pour qu'on aille dans une salle IMAX et mon fauteuil a tremblé pendant les bandes-annonces tant le son était fort. J'avais des vibrations dans tout le corps. J'ai cru un instant que le fauteuil faisait vibromasseur. Mais non !

Killers of the Flower Moon (3 heures 28 !) est un film crépusculaire. Les acteurs vieillissants (Robert De Niro et Leonardo DiCaprio) font leurs éternelles mimiques et lassent vite, la réalisation est magistrale mais... on frise l'endormissement en bâillant : « C'est beau tout de même ! » DiCaprio copie Brando dans *Le Parrain* (joues gonflées, bouche à l'envers) et De Niro joue... De Niro. Leur jeu est tellement usé qu'on voit à travers. Les deux premières heures sont lentes, lentes, on a l'impression de suivre une marche funèbre, et puis le film démarre et on retrouve la virtuosité de Scorsese. On se réveille, on se redresse dans le fauteuil tout collant du pop-corn du précédent occupant et on salive enfin...
Il était temps !

25 octobre :
Le matin, quand je me réveille, très tôt, je m'installe dans la cuisine, lance la cafetière qui crachote, ouvre mon ordinateur pour vous écrire. Silence dans l'appartement. Tout le monde dort.

Je m'assieds sur la banquette en Skaï noir, mâchonne mon Bic, me relève pour que les idées viennent, marche, me rassieds, me relève, ouvre le frigidaire, sors un bout de fromage, une tranche de dinde ou un hareng mariné, attrape deux œufs, remplis la casserole, attends que l'eau bouille, déclenche le minuteur (3 min 40 s), rumine. Quels mots pour commencer ? Mystère de la première phrase… Faire le vide, attendre.

Hier, je me suis promenée sur Broadway (West Side). Je me suis arrêtée chez Barnes & Noble, une grande librairie entre la 82ᵉ et la 83ᵉ Rue. Les librairies comme les cinémas disparaissent à New York. J'ai acheté *Breakfast at Tiffany's* de Truman Capote. Vous vous souvenez du film ? Audrey Hepburn, ses lunettes noires, son long fume-cigarette ? En attendant que mes œufs deviennent coque, j'ouvre le livre et… ravissement. J'oublie tout.
Les œufs coque seront des œufs… durs.

Le matin, quand elle entend cliqueter les touches de l'ordi, Lucy pointe le museau. Petite touffe de poils blancs et noirs, 31 centimètres, elle gigote à mes pieds, grimpe sur la banquette, se pose sur mes genoux, glisse sa truffe dans mon cou, câlin, câlin, et pointe le museau sur l'écran qui brille. Lucy ou Loulou pour les intimes est la chienne de Christy. Un mélange cavalier King Charles et caniche, drôle, indépendante, légère, qui parle

avec ses yeux, joue avec un chat en peluche qu'elle balance dans le couloir ou rapporte à vos pieds en exigeant qu'on le relance.
Alors je pense à Boy à Paris dans la librairie de Martine… Boy vient de m'envoyer une photo pour me dire : « Tout va bien, amuse-toi, profite. » Un vrai gentleman !

26 octobre :
Hier, j'ai fait une belle rencontre sur Broadway. Juste avant Colombus Circle. Je me promenais dans l'Upper West Side (Broadway, Colombus, Amsterdam de la 60e à la 96e Rue). Rien à voir avec l'Upper East Side (5th Avenue, Madison, Park et Lexington). À l'est, c'est money-money, musées et culture classique ; à l'ouest, petits commerces, étudiants, restos, cafés. Deux univers différents qui bordent Central Park.

Comme d'habitude, je mangeais la ville, bouche ouverte, prête à l'avaler. Je jouais à la marelle sautant d'une avenue à l'autre, relevant un détail,

une adresse, les gribouillant sur mon carnet lorsque j'ai entendu au loin un saxo. Une note parfaite, suivie d'une autre plus triste qui flottait et a ralenti mes pas. Elle était lourde, pleine, cette note. Elle racontait jadis, la vie de bohème, les amours défuntes. J'ai reconnu le morceau, *Les Feuilles mortes* se ramassent à la pelle... et j'ai descendu l'avenue pour aller vers lui.

Et alors... juste avant d'arriver sur Colombus Circle, dans un petit square, assis sur un banc, il y avait un homme qui jouait du saxo. Un très vieux monsieur, moulé dans une doudoune violette, un béret sur la tête, d'épais sourcils blancs qui tombaient sur ses lunettes comme deux grosses moustaches. Il jouait les yeux mi-clos, l'étui du saxo posé à terre, rempli de billets verts. J'ai ajouté un billet vert et je l'ai écouté. Autour de moi, les passants se recueillaient. Ce fut un moment suspendu. Quelques

notes de musique sur un air d'automne qui s'enfuit.

Quand il a eu fini, il m'a souri. On a parlé. Il s'appelle John, il a travaillé vingt ans à la MGM (un studio de cinéma), a fait partie de grands orchestres, a parcouru le monde, a vécu deux ans à Paris, a joué pour Maurice Chevalier et Judy Garland. Il lissait ses longs sourcils et racontait. Il n'a pas eu besoin de me dire qu'il était très vieux, qu'il n'avait ni retraite ni Sécu et qu'il se trouvait à la rue. Il était beau comme son vieux saxo. J'ai promis de revenir dans le petit square et de l'écouter, les yeux fermés.

27 octobre :

Hier matin, corvée : acheter une valise. La mienne ressemble à un vieux pneu crevé. Éclair dans ma tête : aller à Bloomingdale's, un grand magasin sur Lexington et 60e Rue. J'ai longtemps habité ce quartier. J'y avais pris mes premières habitudes new-yorkaises. Mes adresses de jeans, de cafés, de crèmes glacées, de poudre sur le nez, de pince à épiler, de cordonnier. À Bloomingdale's, je trouvais tout. Même le métro ! (Station 59th et Lex sur la ligne 6). Comme me l'a écrit Mady sur Insta : « Que l'on soit chez soi ou ailleurs, les routines sont rassurantes. Ainsi est fait l'être humain… » J'ai apprivoisé New York en partant de ce grand magasin.

Je prends mes deux pieds et fonce. Croise quelques citrouilles, sorcières, squelettes, une très jolie librairie sur Madison et la 93e St., un flic de dos à un coin de rue, une boutique hilarante de lingerie et de vibromasseurs sur Lexington, et arrive chez Bloomingdale's. Monte au 7e étage (celui des valises et d'un bar pour déjeuner : le Forty Carrots, légendaire aussi).

Les prix des valises vont de 160 à 3 600 dollars ! J'en trouve une à 360 dollars qui me paraît robuste. Vais voir Dagobert (le nom du vendeur est écrit sur son torse), lui demande son avis. Il fait « oui, oui », j'entends « non, non ». Il me propose une promotion, -50 %, sur les Samsonite. Affaire conclue ! Je repars avec une magnifique valise bleu électrique, fière comme un Italien au volant de sa Lamborghini.

L'après-midi, un p'tit tour à la Neue Gallery, 5e Avenue et 86e Rue. Je me délecte des Klimt et des Kokoschka. Arrêt au Guggenheim. Une exposition sur l'Invisibilité (qui porte bien son nom). Du flou, du noir, du gris. Difficile de trouver dans les œuvres exposées une trace de lumière ou d'ombrelle rose de Fragonard. Une capuche de sweat (de l'artiste David Hammons) occupe tout un pan de mur. « Œuvre magistrale ! » me souffle Christy qui me voit bouder.
Mais l'architecture du Guggenheim me réconcilie avec la beauté. L'ombrelle revient se poser dans ma tête.
Merci, *Mister* Frank Lloyd Wright, vous qui avez dessiné ce musée…

28 octobre :
Ça y est ! Le compte à rebours a commencé : vendredi prochain, ma valise bleu électrique et moi volerons vers Paris.

Ce matin, j'ai posé ma valise dans la cuisine de Christy. Je l'ai photographiée. Elle était bleue, mais plus bleu électrique comme dans le magasin. Je me suis demandé si Bloomingdale's ne l'avait pas habillée de lumière pour la faire briller et me séduire ? Ou si je n'avais pas posé sur elle un regard qui crépite. Un coup de foudre. Comme lorsqu'on tombe amoureux, un soir, qu'on décore l'élu de lampions et de boules de cristal, et qu'au rendez-vous suivant on le trouve tout beige ? Il faudrait que je reluque ma valise au grand jour. Chez Christy, on vit avec la lumière allumée toute la journée. L'appartement est très sombre (comme beaucoup d'appartements new-yorkais).

Plus qu'une semaine pour mes vagabondages. Les derniers kilomètres à pied, les dernières rencontres. Et puis aussi… retrouver John le saxophoniste, le filmer, acheter des magnets à coller partout, des tee-shirts « I LOVE NEW YORK », promener Lucy… J'ai pas envie de partir, pas envie de partir, pas envie !

Hier, on a sillonné le West Village (en bas de la ville, vers la 6e et la 7e Avenue, de la 4e à la 14e Rue). Rues pavées, arbres verts, petits restos, petites boutiques, petites maisons et toutes petites voitures de police ! C'est une partie de la ville qui a refusé de grandir. Qui ne fait pas la course avec les gratte-ciel. Chaque boutique vend UN article, décliné à l'infini. Boutiques n'ayant que des sacs ou que des chapeaux, que des trousses de toilette ou que des muffins, que des accessoires pour chiens ou que des bonbons roses… On se croirait chez les Schtroumpfs !

Le soir, on salivait dans le bus qui remontait Madison. On allait s'arrêter chez Morton Williams, retrouver Albert derrière son comp-

toir, commander nos plats préférés, choisir une bouteille de vin, la vie était belle, belle, belle ! Albert n'était pas là. À sa place se tenait un jeune benêt qui parlait au téléphone en nous servant n'importe quoi !
Albert ! Lui aussi va me manquer…

29 octobre :
Encore une journée « je trottine, émulsionne et bavarde ». Le matin, 5th Avenue direction Harlem. On m'a dit que je trouverais (au nord de Central Park) des arbres rouges et jaunes. À la 93e St., je tourne sur Madison pour voir si le quartier a changé (j'y ai habité dans les années 1990). Il a changé, il est encore mieux. Restos, boutiques, terrasses. Pas de klaxons ni de trous

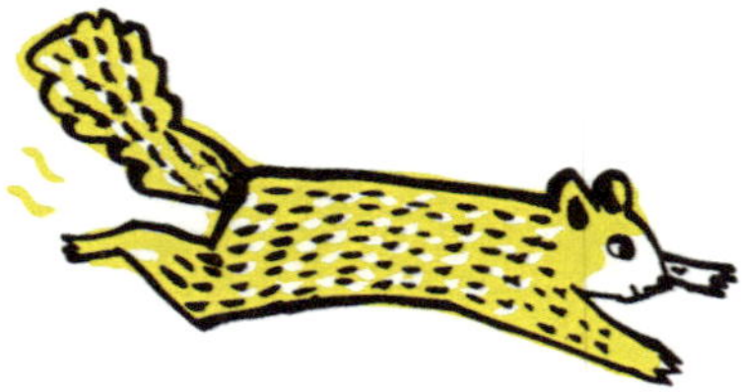

dans le trottoir. Reposant ! Je trottine jusqu'à la 110e St., quand, sur la gauche, dans le Park, j'aperçois un bout d'automne. On se croirait au bord d'un lac canadien. Il n'y a personne. *Beautiful*. Au loin, se dressent les gratte-ciel « crayon », encore plus hauts, plus fins qui grimpent jusqu'à 440 mètres et font jaser. Il y a les « pour » et les « contre ». Des polémiques : des morceaux tombent et fracassent les piétons et, quand il y a du vent, ils tanguent, et c'est normal. Pas sûr que j'aie envie de tanguer !

À 15 heures, My Friend et moi, on s'installe dans notre pub favori, le Dylan Murphy's. C'est la finale de la Coupe du monde. La Nouvelle-Zélande affronte l'Afrique du Sud. Je suis pour les Blacks, My Friend aussi, et nous rugissons en buvant des bières. On a beau rugir, les All Blacks perdent et nous repartons, maussades.

Une manucure et un massage plus loin me remettent l'humeur en place. (Ici, les deux vont de pair, on vous soigne les mains puis le dos). Christina officie. Elle a la quarantaine, est née en Équateur, y a laissé sa famille, vit à New York depuis vingt ans et baragouine un anglais que je ne comprends pas. « Normal, je parle tout le temps espagnol. C'est la première langue ici. » On change de rôle, je baragouine espagnol, elle me raconte sa vie. Si triste. Elle est venue à New York pour gagner de l'argent et vit toute seule. Elle voit sa fille, ses petits-enfants sur son téléphone et ne se souvient plus très bien de leur prénom. Elle ne peut pas aller les voir, elle n'a pas ses papiers. Alors elle travaille et envoie de l'argent à sa famille. Le soir, je monte sur la terrasse de l'immeuble avec Bernie, le *doorman*, et regarde cette ville si belle qui fait rêver et use tant de gens…

30 octobre :

Hier, j'ai cru que j'allais mourir dans un taxi jaune. Sur la 5e Avenue. Sous une pluie battante. Le

chauffeur conduisait en écrasant l'accélérateur, puis le frein. Alternativement. J'étais projetée en avant, rejetée en arrière, tendais jambes et bras pour ne pas finir en pancake contre la paroi en plastique qui nous séparait.

Je suis descendue, étourdie. Suis entrée au Chelsea Hotel où j'avais rendez-vous pour un brunch avec Chloé. Ah ! Le Chelsea Hotel (222 W 23th St.) ! Une légende. Jack Kerouac y a écrit *Sur la route*,

Leonard Cohen, Patti Smith, Tennessee Williams, Bukowski, Janis Joplin, Jimi Hendrix, Bob Dylan, Diego Rivera, Stanley Kubrick (et des dizaines d'autres) y ont vécu, y ont écrit des livres, des chansons, des films. Quand ils avaient de l'argent, ils payaient, sinon pas grave, on verrait plus tard. C'était un hôtel miteux où les cafards se promenaient, mais il attirait tous les artistes fauchés et dégageait un charme envoûtant. En 2011, il a été racheté (il n'était pas rentable et pas du tout aux normes) et entièrement refait. Les travaux ont duré des années.
Je l'avais connu miteux, je l'ai retrouvé flamboyant. Mais pas arrogant. Les nouveaux propriétaires ont su garder ce je-ne-sais-quoi qui en avait fait un refuge. Bien sûr, le prix des chambres et des consommations a explosé… (comme partout à New York il faut s'accrocher quand arrive l'addition !). Les anciens occupants (de plus en plus âgés) sont restés. Et vivent comme dans le bon vieux temps. Sans payer. Les nouveaux paient… le prix fort.

J'avais rendez-vous avec Chloé. Une femme épatante (j'aime ce mot : é-pa-tant, il rebondit, donne de l'élan). Une Française (tout juste quarante ans qui en fait dix de moins tant elle pétille) arrivée à New York il y a treize ans. Plus jamais repartie. Chloé travaille comme chercheuse dans le domaine de l'intelligence artificielle. Dans une grosse boîte internationale qui emploie des milliers de gens sur la planète. Elle va de ville en ville américaines, européennes, indiennes, africaines, asiatiques, préparant les entrepreneurs, les employés, les « têtes pensantes » à ce *big* changement. Comment négocier ce virage révolutionnaire ? Sans se faire écraser, trahir, réduire en esclavage. Que va devenir notre société quand ChatGPT pensera à notre place ? Traduira nos pensées illico en swahili ou en anglais ? Écrira nos devoirs, nos discours, nos livres et nos films ? Peindra peut-être ? Préparez-vous à des chamboulements. On a parlé, parlé. C'était bon de rencontrer une femme belle, intelligente, pleine de soleil, positive…

31 octobre :
Oh là là ! Je ne vais jamais pouvoir partir. Chaque jour, je m'attache un peu plus. Comme on boutonne une chemise jusqu'au cou. Prisonnière de cette ville de dingos où si on ouvre grand les yeux (et la tête, et le cœur, alouette !), on s'éclate le cerveau. Il suffit de lambiner, de regarder LES DÉTAILS qui incarnent et donnent vie. Virons les préjugés, les idées en guenilles qui nous font grelotter, et ACTION, MARCHONS ! (Je suis lyrique, d'accord, mais à force de respirer du cannabis dans les rues, je vrille. Comment font les bébés dans leur poussette ? Ils s'endorment avec le sourire ou délirent ?)

Hier, c'était errance dans la ville. Autour de la 30e Rue, à l'ouest, en partant de l'Hudson River. Un quartier d'entrepôts abandonnés (plus pour longtemps, à mon avis, les rapaces de l'immobilier vont bientôt le nettoyer et y construire des tours). Les touristes n'y vont pas parce qu'il est sale, laid, hanté par des abandonnés. Ciel gris, air lourd comme une éponge mouillée, j'enfile mes deux pieds et trace. Les yeux en jumelles sur le nez.

Au bout de ma dérive, j'ai un cadeau, un sucre d'orge : je dîne avec Elizabeth. Une critique littéraire dont j'ai attrapé la malice au fond des yeux lors d'un dîner avec David, mon ami peintre. On ne parle pas assez de ces rencontres étincelles qui font que deux âmes se reconnaissent et s'enlacent. Des éclairs qui vous donnent des nouvelles de vous-même et agrandissent votre ciel. Il y a eu Antoine et sa trompette, Chloé, l'intrépide magnifique, et ce soir, Elizabeth. On a rendez-vous toutes les deux. Pour rire, dire des bêtises qui en disent long…

En attendant, je marche, les lettres de Madame de Sévigné à sa fille dans la poche. La marquise m'irrite. Elle passe son temps à chouiner. Réclame des lettres et des lettres. Poursuit Madame de Grignan de ses adjurations. « Aime-moi, aime-moi. » Elle n'en a jamais assez. L'amour qui supplie et insiste annule le désir. C'est pour cela

que j'aime tellement New York. Cette ville se dérobe sans cesse. On croit l'attraper et elle vous file entre les doigts. J'aime les villes, les gens, les choses qu'on ne saisit jamais…

1er novembre :

Hier, c'était le bouquet final d'Halloween : le défilé.

Il partait du bas de la ville (King's Street) et se terminait à la 19e Rue sur Broadway. Une féerie. Dès le matin, les plus étranges personnes se pavanaient en ville. J'ai pris l'autobus vers midi avec un immense gaillard, vêtu d'une longue robe noire, d'une cagoule noire, affichant une tête de mort et porteur… d'une faux. Une vraie. Il attendait le bus. J'ai fait trois pas d'écart et l'ai laissé passer sans protester. Le bus était plein, tout le monde s'est tassé à l'arrière, le chauffeur n'a pas moufté.

Hier, j'ai déjeuné avec Charlie chez Nami Nori, dans le West Village, le succulent et cher restau-

rant japonais. On a commencé à faire des projets pour « quand on se reverrait » (j'ai promis de revenir en avril). Charlie est un bonbon. Il lui arrive des bourrasques, des uppercuts au menton, elle garde le sourire. Cramponnée à la rampe. Et si elle dérape d'une petite moue chagrine, elle sourit aussitôt : « Oups ! je dois rester positive ! »
On est parties errer dans la ville (mon occupation préférée). Il faisait gris souris. Un ciel noir était tapi sous les nuages, mais la promenade le long de l'Hudson River a tout effacé. Une plage aménagée (vers la 14e Rue), une piste vélo, des bancs, des chaises longues, des parasols, des canards qui picorent sur les pelouses. On a visité le Chelsea Market sous une averse de friandises balancées par des géants menaçants, montés sur des échasses. *Halloween, that's a big thing here*. Une fête où les gens se défoulent et laissent cours à leurs folies. Des folies qui sourient ou effraient.
Bientôt les citrouilles vont laisser place aux décorations de Noël, aux cantiques chantés dans les

rues par l'Armée du Salut, aux premiers sapins mis en vente. Les boules multicolores, le givre blanc, les guirlandes vont décorer les boutiques, les arbres, les avenues… *Jingle bells, Jingle bells*, ce sera *Christmas*.
C'est ça aussi, une ville : des amis qu'on visite, qu'on s'est faits au hasard des dîners, des rues. Des lignes de bus, de métro, des restos. Des habitudes.

2 novembre :
Promenade dans West Harlem. À partir de la 115e Rue et au-delà. Retour sur le campus de Columbia University. J'y ai suivi des cours pendant un an et demi, après le succès de mon premier livre, *Moi d'abord*, quasi autobiographique. Toutes sortes de cours : « Comment écrire une nouvelle, un roman, une pièce de théâtre, un scénario ». En auditrice libre. Sans payer. Un coup de baguette magique. Mon éditeur (Le Seuil) me réclamait un deuxième livre. Je m'entêtais : « Non, je veux voyager, pas écrire », « Oui mais… si vous nous

écrivez un deuxième livre, on paie vos impôts ». J'avais oublié les impôts. Presque tout dépensé. Mais comment fait-on pour écrire un roman, un vrai ? C'est alors que le coup de baguette magique a frappé. J'avais rencontré (dans un avion) une femme qui travaillait à Columbia. On avait échangé nos téléphones. Je l'ai appelée. Lui ai expliqué mon désarroi et elle m'a inscrite en auditrice libre aux cours d'écriture de l'université la plus prisée du monde. Rien à payer, pas de liste d'attente à subir, mais aucun diplôme à l'arrivée. Je me moquais des diplômes, j'avais les miens (bien français !). Je suis retournée sur les bancs de l'université et ne l'ai pas regretté.

« Ne dites pas ; MONTREZ. » Pas de mots abstraits, mais des bruits, des couleurs, des odeurs, des détails, les « divins détails ». Pas d'adverbes, véritables verrues dans une phrase. L'histoire vient des personnages, partez d'eux et l'histoire se construira toute seule. Tous les écrivains l'ont dit, mais c'est à Columbia que

je l'ai compris. J'écrivais en anglais. Je mettais trois semaines quand les autres étudiants y passaient trois jours. Le campus n'a pas changé. Les mêmes allées, les mêmes arbres, la même bibliothèque, les mêmes marches où l'on s'asseyait et discutait. Salinger, Carson McCullers, Faulkner, Flannery O'Connor. Souvenirs, souvenirs. C'était hier pourtant... J'avais gardé mes notes, mes cahiers, m'étais promis d'en faire profiter tous ceux qui n'avaient pas, comme moi, reçu un coup de baguette sur la tête. Aujourd'hui, j'anime des ateliers d'écriture pour transmettre ce que j'ai appris dans cette université, une des meilleures pour apprendre à écrire.

Et puis... je suis remontée dans Harlem. Le ciel était bleu new-yorkais. Froid, sec, brillant comme la glace d'une patinoire. Je suis redescendue par

Broadway pour retrouver John, le saxophoniste. Il n'était pas sur son banc. J'y retournerai demain, jeudi. Parce que vendredi… je ferme ma valise bleu électrique et repars pour Paris.

3 novembre :

Oh là là… Hier ! Quelle journée ! Je me suis levée tôt. Suis partie dans le Park avec Lucy. Les chiens ont le droit de s'y promener en liberté le matin avant 9 heures et le soir après 21 heures. J'ai fait gicler la laisse et hop ! rodéo pour Lucy qui rebondit partout. Je la glisserais bien dans mon sac, cette petite chienne aux longues oreilles et aux yeux polyglottes. Je me demande ce qu'en dirait Boy. C'est un vieux garçon maintenant (bientôt neuf ans !). Il a ses habitudes, ses coussins réservés, ses heures de promenade et de pâtée. N'aime pas être dérangé et entend bien régner en seul maître. Parfois je l'appelle Charles III.

… Je venais juste de me poser dans le bus direction Central Park West (j'habite à l'Est), je tourne

la tête et là, sur la banquette, ma copine Nora. Une chance sur 1 123 765 que je la trouve là. On s'esbaudit, on se frictionne. « Où vas-tu donc ? », « Je vais voir John, un homme très vieux, très doux qui joue du saxo comme Mozart du piano », « Au square, derrière la station de métro, sur 72 et Broadway ? », « Oui », « Je le connais », « Tu le connais ??? ». Une chance sur 1 123 766 ! Nora l'apprécie, glisse de gros billets verts dans son étui à saxo, lui apporte des soupes chaudes en hiver et des gaspachos en été. Je suis rassurée. John sera à l'abri quand la bise viendra.
John n'était pas là. On s'est posées dans un café. On a mangé un cookie pour se consoler. Puis un autre… Allez donc traîner du côté de ce square, John s'y trouvera peut-être ou d'autres musiciens. C'est un lieu de rendez-vous pour jazzmen oubliés.
Je retraverse le parc. À pied cette fois. Dans mes oreilles : Antoine Drye (le trompettiste de l'autre soir, chez Smoke, vous vous rappelez ?). On le trouve sur Deezer ou autre. Un régal en marchant

dans le parc. Le cœur se dilate, la trompette déchire, pas envie de partir.
Devant le Met Museum, deux filles sont installées derrière de vieilles machines à écrire. Elles improvisent des poèmes et les vendent. J'avise celle derrière une Remington rose et lui en demande un. Clic-clic-clic, les doigts d'Hannah s'agitent et elle me tend une fiche qui parle d'automne, de soleil qui tombe, des dents de l'hiver et d'une écharpe orange. 20 dollars « ou plus si vous le désirez », elle dit avec un grand sourire. Elle est étudiante à la Juilliard School et gagne ainsi son petit pain quotidien.
Un petit tour sur Madison et la 87e St. chez Morton Williams pour aller dire au revoir à Albert. Il n'est pas là. Décidément… Est-ce que ça veut dire que je ne dois pas partir ? Ou revenir très vite ? *Toss the dice !*
Le soir, je descends tout en bas de la ville, à l'inauguration d'une expo de peinture. Deborah Roberts. Une femme peintre au firmament. Grands tableaux qui explosent de couleurs et de

noir. *Beautiful people* dans l'assistance et là-bas, tout au fond, je le reconnais. Tassé sous sa casquette. Des yeux qui brillent, un sourire de brave homme qui ne se pousse pas du col, un air d'intelligence en écharpe : Steven Spielberg. Mon doigt fait « maison ». Je m'approche, prononce deux mots magiques : « cinéma, Truffaut ». Il m'attrape le coude et nous voilà, assis dans un coin, un verre de champagne à la main, à parler de narration, de plans, de coupes, de lumière, de sons… « Et surtout, surtout, il dit, les personnages et raconter une histoire : Tout est là ! » Je lui parle de mes cours à Columbia, de mes profs. Il les connaît. On glisse sur Paris : « J'adore Paris, c'est ma seconde ville préférée, je crois bien que Cathe (sa femme) et moi, on finira par aller y vivre un de ces jours… » Une chance sur 1 123 767 que je finisse mon séjour à New York à parler boutique avec Steven Spielberg ! Elle n'est pas belle, la vie, non ?

5 novembre :

Au revoir New York, retour à Paris.

Au revoir Christy et ton grand appartement que tu m'as ouvert un mois durant, le cœur béant. Au revoir, Lucy, le chien aux longues oreilles bordées de fourrure.

Au revoir Grace qui ordonne, répare, rassure, dorlote.

Au revoir Central Park tout vert, les taxis jaunes, les *doormen* en uniforme, les bus M1, M2, M3, M4, les métros tout gris 4, 5, 6, A, B, C… la MetroCard qui bloque parfois, les terrasses qui débordent, les bouffées de cannabis, Zabar's, la brasserie Balthazar, les trous dans la chaussée, les ambulances qui hurlent, les gratte-ciel crayons…

Revenir à Paris après un mois à New York… c'est comme passer d'un grand écran couleur à une petite télé en noir et blanc. Ne vous méprenez pas : c'est beau, le noir et blanc, c'est émouvant, c'est même parfois plus beau, plus émouvant que les films en Panavision, mais la couleur en grand… ça donne envie de danser au-dessus du volcan. De jongler avec les billes, les balles et les bulles, ça gomme le gris.

Ce samedi, en posant le pied à Orly, j'ai reçu un paquet de gris sur le nez. L'avion était plein de Français qui râlaient. Petit déjeuner pas assez de confiture, atterrissage pas terrible, bagages trop lents, ciel trop de pluie, mais où sont les taxis ? Et, en plus, tu vas voir, à tous les coups, on va tomber dans les embouteillages …

« Sois positive, Katherine », je me suis dit. (Je me dis souvent : « Sois positive, Katherine ! ») J'aime Paris, j'aime New York, vis à Paris comme à New York. Sur grand écran. Fais un cocktail de billes, de balles et de bulles. Ne retombe pas dans ta routine, enfile tes baskets fusées et trace, trace dans la ville. Tes yeux qui font clic-clac, ton petit carnet, ton Bic qui gratte. Le même appétit, la même curiosité que si tu étais chez Morton Williams, dans Harlem, sur Lexington ou dans un petit square de Broadway. L'habitude écrase, encrasse. Désencrasse-toi !

2e VOYAGE : AVRIL 2024

30 mars : (veille du départ)

Dans trente-huit heures, je repars pour New York. Entre la valise qui gît gueule ouverte et les 998 choses à faire avant de la boucler, je ne sais plus sur quel pied marcher. L'un à Paris, l'autre à New York, je funambule. On me téléphone en anglais, je raccroche en français, décroche en anglais, bafouille en français. Une lectrice sur Insta me demande comment descendre la 5e Avenue en bus (elle part en même temps que moi), Charlie m'attend pour aller voir une expo au MoMA *downtown* : « On se retrouve mardi dans le métro, à Spring Street ? », Marianne a pris des places pour Carnegie Hall le 9 avril, Christy propose : « Je pars à Aspen, je t'emmène ? »,

Dan décrète : « Ton premier dîner, c'est avec moi, à l'Ambroeus ! », pendant qu'à Paris, j'attends le plombier (ma cuisine est inondée, un tuyau a pété, mais lequel ?), le garagiste (mon pare-brise est fendu), et m'essouffle devant la pile de papiers à signer. Je vertiginise et tombe, le nez dans ma valise. Traversée par des désirs électriques. Tellement envie d'être là-bas ! Tellement triste de laisser Paris ! Et Boy ? Il traîne dans l'appartement, l'épaule basse, la queue en vieux balai, pas loin de réciter Baudelaire et son *Spleen*. Dernière protestation : depuis deux jours, il refuse de manger ses croquettes… mais pas le steak du boucher que j'ai fini par courir lui acheter pour me faire pardonner.

2 avril :

Mon premier matin *in* New York ! J'habite un studio sur Jane Street dans le West Village (*downtown*), prêté par Dan, mon ami peintre. Il n'aime pas héberger ses amis chez lui. Il se sent obligé de parler, de sourire, d'entretenir une conversation et ça l'insupporte. Il n'a plus assez d'énergie ensuite pour peindre. Pour partir dans « son » monde. Alors il les installe dans ce grand studio de l'autre côté de la rue et règle feux verts et rouges. Je le comprends si bien ! Nous avons partagé un loft il y a longtemps sur Howard Street, juste avant Canal Street. Au cinquième étage (sans ascenseur) d'un entrepôt abandonné, sale, rouillé. J'écrivais *La Barbare*, il peignait de grands tableaux sur des airs de jazz. Quand je l'ai connu, Dan mangeait de la vache enragée (et encore… pas tous les jours !), portait de vieux pulls qui pendaient, des tennis éculés, bloquait avec une épingle son compteur d'électricité (on faisait sauter l'épingle dès qu'on entendait des pas dans l'escalier !), lisait tous les magazines, les journaux qui auraient pu écrire une ligne sur son travail. Les refermait, bredouille, désespéré, il n'y arriverait jamais… Aujourd'hui, il a pignon sur rue, a acheté un immeuble entier, flambant beau, et un studio pour ses amis de passage. (Il n'y a plus de

Airbnb *in* NY, ils ont été interdits et les hôtels en profitent pour gonfler leurs prix.)

Ce matin sous la pluie fine et froide (9 °C à l'écran de mon téléphone), je suis partie explorer mon nouveau quartier. Suis entrée dans une boulangerie française, Aux Merveilleux de Fred. Me suis fait une nouvelle amie : Tamisha. Elle vient de Sainte-Lucie (une petite île dans les Grenadines). Je lui ai dit : « J'y suis allée », on est devenues amies pour la vie. J'ai acheté une meringue (sans gluten) et suis allée m'installer en face, chez un café-fleuriste, PlantShed (46W 8th Avenue). Attablée au comptoir derrière la vitrine, je regarde passer les camions, les taxis jaunes, un vieux monsieur voûté aux cheveux blancs, longs, qui tient en laisse deux labradors (voûtés aux poils longs et blancs), des parapluies noirs, tiens, un parapluie écossais, un jaune ! un bus M14... Les gens marchent, pressés, emmitouflés, en tenant un gobelet de café. La chaussée est défoncée. Des trous, des flaques, des plaques, du gravier

noir partout. Je suis heureuse. Fais des saltos avant, arrière, glisse, patine comme un pou sur la tête d'un chauve.

Singing in the rain… and in New York !

3 avril :

Il plouille, il mouille, c'est la fête à la grenouille ! Toute la journée, hier, l'eau est tombée. À gouttes fines, serrées, à gros seaux, on pataugeait. J'avais rendez-vous (pour déjeuner) en haut de la ville avec Christy (vous vous souvenez... la copine chez qui j'habitais en octobre). Dans un club de femmes très chic : le River Club. Alors que je m'égouttais dans l'entrée, un majordome m'a informée, solennel et raide, que je ne pouvais pas accéder à la salle à manger parce que je portais un... jean. « Mais c'est un jean de grande qualité ! Sans trous ni franges », je me suis exclamée. Il est resté intraitable. « Le jean est interdit ici. » J'ai appelé Christy qui est venue me chercher dans le hall... Rien à faire ! « Et si mon amie mettait une jupette de tennis sur son jean ? » a-t-elle proposé (il y a des courts de tennis pour dames au dernier étage). Il a secoué la tête. « Non, non. » « Mais si ! s'est entêtée Christy. Une jupette sur un jean, c'est très chic. Mon amie le sait, elle habite Paris, capitale MONDIALE de la mode. Chanel, Yves Saint Laurent, Christian Dior, vous connaissez ? » Il a faibli. Christy est partie chercher sa jupette de tennis, me l'a enroulée autour de la taille, m'a ceinte d'une écharpe en guise

de ceinture, j'avais l'air d'une boîte à bonbons anglaise. J'ai failli m'enfuir, mais... il pleuvait très fort. On s'est contorsionnées toutes les deux à ses pieds. Il a molli, a tourné la tête et nous avons filé dans la salle à manger. Où nous attendait Henry. Un autre majordome. Il nous a conduites à une table. Nous avons commandé deux salades royales, avons papoté. Mais le châtiment n'était pas fini. À la fin du déjeuner, Christy a pris son téléphone... Majordome *bis* a bondi. « Pas de portable à table ! Vous devez respecter l'étiquette... » J'ai failli m'étrangler. « Mais vous êtes incroyables ici ! » j'ai glapi en français. Et le voilà, soudain radouci, m'appelant « mademoiselle », me précisant qu'il venait de Martinique, qu'il parlait encore un peu français. Si chic notre langue, si troublant notre accent ! Paris, Paris ! Tout était oublié. Sauf le téléphone que Christy a été obligée d'éteindre en râlant. « Les lois sont faites pour être respectées sinon le monde n'a plus de sens. On irait où alors ? » a-t-il grogné. Sa tolérance avait des limites qu'on avait déjà par trop malmenées.

4 avril :
C'est toujours pareil. Plus fort que moi. Il faut que je « le » ou « la » retrouve. Que je m'en repaisse. Un tableau, un livre, un film, une musique dont on m'a parlé, qui déclenchent en moi une fringale que je ne peux maîtriser. Cela m'arrive aussi avec un jean, un cookie ou un visage happé au coin d'une rue. Je pars en chasse, défie les éléments, avale des kilomètres, abats des murs jusqu'à ce que je sois devant l'objet de mon désir. Et alors je m'abîme en contemplation. Parfois je suis déçue, souvent soulevée d'émotion. Hier, je regardais passer le fil Instagram et me suis arrêtée sur un tableau de Félix Vallotton, *La Loge de théâtre, le monsieur et la dame*. Coup de foudre. Clou dans la tête. Le regard avide du monsieur, la femme qui baisse ses grands yeux, le noir de la loge, le jaune de la corbeille. Je frissonne. Et en dessous,

une légende : « *The Metropolitan Museum of Art in New York*. » Mais je suis à New York ! Je peux aller le voir ! Joie immense. Il pleuvait dru, et seulement 1 °C. Tempête, bourrasques, les parapluies s'envolaient, se retroussaient. Qu'importe ! Je suis partie, capuche orange sur la tête, poing serré sur le manche du parapluie. Métro, marche à pied, parapluie envolé, longue queue sous la pluie. Le monde entier s'était donné rendez-vous au musée. À l'intérieur, on piétinait. J'ai cherché, cherché Vallotton. Me suis perdue dans les escaliers, les salles, les ascenseurs, j'ai interrogé des gardiens, Vallotton ne leur disait rien. Alors je me suis laissée emporter vers l'exposition où tout le monde se précipitait : The Harlem Renaissance. Une rétrospective des artistes noirs au début du siècle dernier qui ont peint la vie des grandes villes. New York, Londres, Paris. C'était beau, vibrant, coloré… mais ce n'était pas Vallotton, la loge de théâtre, le regard de feu du monsieur, la dame qui baisse les yeux.
Pas grave : j'y retournerai.

5 avril :
Hier, il faisait un froid à vous fendre l'humeur. Un froid encore mouillé de toute l'eau tombée ces derniers jours. J'avais besoin de me trouver un refuge. Un endroit où je pourrais m'enfoncer dans un siège, commander un café, une assiette de cornichons, regarder les gens, écouter les conversations, attraper des détails, réfléchir au livre de Stephen King, *Holly*, son dernier roman que j'ai presque fini. King est le maître des « divins détails ». On ouvre le livre et on ne le lâche plus. Même s'il pèse un kilo dans le sac. Mon amie Sandrine (voyageuse éternelle qui note les adresses qu'elle découvre et les partage) m'avait indiqué un endroit, La Buvette Gastrothèque, (42 Grove Street, à l'angle de Bleecker Street). À huit minutes de chez moi. Elle avait ajouté : « C'est la tanière de Sofia Coppola. Elle a sa table réservée au fond du restaurant. » J'ai pris mon livre d'un kilo et j'ai marché jusqu'à Grove Street. Ai choisi une table face au bar. À ma gauche, des filles très minces qui parlaient du régime à faire en vue

du prochain maillot de bain, à ma droite, un père et son fils devant un tartare. Le fils de huit ans environ demandait à son père s'il avait connu Napoléon, ce *french tyrant* qui avait terrorisé l'Europe et le monde. Le père a toussé, louché sur ses cheveux pour vérifier qu'ils n'avaient pas blanchi dans la nuit. Le garçon m'a conseillé la spécialité de la maison, un sandwich BLT (bacon, laitue, tomates) et un verre de pinot noir. Il avait l'air si gentil. Il m'aurait proposé une choucroute, j'aurais dit « oui ». Et puis, Dan est passé. Il partait voir deux artistes exposés dans des galeries à Chelsea. Je l'ai suivi et, une fois de plus, suis restée inerte devant les œuvres de ces artistes renommés qui se vendent très cher, sur lesquelles j'ai du mal à m'extasier, ne ressentant aucun élan, aucun frémissement. J'ai repensé au tableau de Félix Vallotton, au regard avide de l'homme, à la main gantée et fragile de la femme qui s'accroche au rebord de la loge redoutant que… Tableau qui me poursuit, alors que le bout de corde ou les galets exposés à Chelsea m'ont laissée froide.

6 avril :

Hier, c'était le jour « tremblement de terre ». Il était 10 heures 23 précises (les chaînes télé n'ont pas arrêté de le répéter toute la matinée), j'écrivais ma chronique quotidienne, allongée sur mon lit, face à la bibliothèque (où est encastrée une télé) quand… j'ai vu les livres bouger, le fin lampadaire à droite tressauter et des vaguelettes dans mon gobelet en carton de café. Oups, je me suis dit, c'est un tremblement de terre. Ça a duré 5,6 secondes. Mais alors ! Mais alors ! Il y a eu des alertes partout. Sirènes dans l'immeuble, affolement dans le lobby, mon téléphone a hurlé et, sur l'écran, s'est affiché : « TREMBLEMENT DE TERRE À NYC. NE SORTEZ PAS, NE BOUGEZ PAS. SI GRAVE PROBLÈME APPELEZ 911. » J'ai allumé la télé. CBS News. Un bandeau rouge clamait : « Breaking News : une secousse d'une magnitude de 4,8 ressentie dans l'État de New York. » Deux journalistes avaient pris l'antenne et le défilé de témoins paniqués, de spécialistes à l'air grave, d'hommes politiques a commencé. Tous répétant la même chose : la terre avait bougé, ce n'était pas arrivé depuis cent ans, deux cents ans, trois cents ans… Que faire ? Rester chez soi ? Sortir ? Se méfier des meubles qui vous tombent sur la tête ? Rattraper les assiettes qui volent ? Sauter par la fenêtre ? Chacun y allait de ses conseils. Mon téléphone a sonné. On voulait savoir si j'étais sous un tas de gravats ou guillerette. Une copine qui habite au 45e étage se demandait s'il fallait qu'elle quitte son appartement. La dernière fois qu'elle avait descendu les escaliers à pied, ça lui avait pris vingt-cinq minutes ! Enfin le calme est revenu, les journalistes de CBS ont respiré, lissé leur brushing, repris leur sourire automate, leurs chiffres, leurs statistiques… et je suis sortie me balader. Direction East Village. Le vent soufflait fort, le thermomètre hésitait entre 6 et 7 °C, le soleil brillait, la vie était redevenue belle, belle et… sans danger. Parce que, à ce qu'il paraissait, une seconde secousse semblait fort peu probable…

7 avril :

C'était samedi, hier, et tout le monde se ruait dans les rues en quête d'un bout de soleil, un bout de bleu du ciel, un bout de chaud sur la peau. Tout le monde marchait main dans la main ou coude à coude avec une copine en riant très fort. Heureux d'être dehors. Les limousines paradaient : une rose, une vert pomme, une dorée. Il y avait des queues partout. Devant les restaurants, les boutiques chics, les camionnettes à hot dogs, les marchands de pizzas. De longues files. Les New-Yorkais savent faire la queue. Comment se tenir, avancer, ne pas déborder. Personne ne pousse, personne ne triche, personne ne râle. Ils progressent en souriant. Et si vous filoutez (si vous êtes française…), personne ne crie. Non. Juste un regard scandalisé, une moue mépri-

sante pour votre effronterie et vous balbutiez : « Oups ! *Sorry !* » et allez vous ranger tout au bout, à votre juste place. Hier donc, j'ai déjeuné avec mon amie chérie, Elizabeth. Elle a quatre-vingt-deux ans (en fait dix de moins). Longues jambes dans jean pattes d'éléphant, petit blouson, ventre plat, yeux très écartés, voix feutrée. Grande journaliste, elle a lancé moult journaux, a dirigé l'équivalent du *Monde* aux États-Unis, *The Nation*. Elle continue à écrire des chroniques sur les films, les expositions, exprime son ressentiment quand elle parle politique. Elle connaît la place d'une virgule dans une phrase, la vanité

d'un adverbe. Elle furète encore le jour et la nuit. Fait la fête, boit du champagne (alourdit les poches sous ses yeux), marche 10 kilomètres chaque matin. Lucide, drôle, cultivée. Économe de son dédain ou de sa flamme. Elle lâche des petites remarques si fines qu'on a envie de les noter pour les déguster ensuite. Le livre à lire, le show à dénicher, le spectacle prétentieux, le restaurant délicieux... Je passerais des heures à l'écouter. Elle a eu une vie rock and roll qu'elle évoque avec étonnement. A oublié le nombre de ses amours ou de ses amants, traîne un vieux boy-friend qu'elle trouve collant et n'en revient pas, à son âge, d'être toujours aussi élastique, intrépide, avide d'apprendre.
Le soir... j'ai retrouvé Antoine, mon ami trompettiste. Il jouait dans un bar sur Christopher Street, le Cellar Dog. Une cave immense qui accueille des musiciens, mais pas que... il y a des baby-foot, des tables de ping-pong, d'échecs, de Scrabble, des pistes de pétanque. 10 dollars l'entrée. Et hop ! vous vous amusez toute la soirée...

8 avril :

C'est Marie qui a choisi le (*very good*) restaurant, Osteria Nonnino, 637 Hudson Street, en bas de la ville. Marie est une lectrice qui habite New York. Elle m'avait écrit sur Insta : « Vous êtes à NY, je suis à NY, et si on prenait un café ? » On est allées manger un plat de pâtes italiennes et un tiramisu. La veille, j'avais déjeuné avec une autre Marie qui habite au Luxembourg. Pareil : « Vous êtes à NY, je suis à NY et si… » Ici, ô délice, je n'ai pas d'agenda. Pas de rendez-vous, de choses à faire ABSOLUMENT. Je baguenaude, je badine, je bats l'air. La vie est grave et légère, gratuite et très chère. Trump pointe le bout de son nez, une endive coûte 3 euros, mais le show est perpétuel. J'ai le temps. Tout MON temps. Je lis au lit, soigne des mots, suçote mon Bic, pense à mon prochain livre. Une idée a jailli et je couds les premiers fils. Ramasse des images, des détails. Un premier personnage est arrivé. Une grande femme efflanquée avec un long nez, une robe chemisier et un sac besace. Un peu godiche, hésitante sur le pas

de la porte. Je l'ai fait entrer : « Asseyez-vous là, attendez. Vous n'êtes pas encore finie, mais j'ai une petite idée… » Elle n'allait pas me parler, je n'avais pas encore fait son cerveau, ni son cœur, ni son élocution. Elle est à l'état de fumée, mais elle existe. ELLE EXISTE. Une bave de joie coule de mes lèvres. Je n'ai pas raconté ça à Marie. C'est encore trop fragile. Il ne faut pas parler d'un livre en train de se faire, on pourrait le pulvériser, le réduire en poussière. Surtout au début… L'écriture est un suspense qui se dévoile peu à peu. Laisser faire, laisser faire, ne pas brusquer les choses sinon on risque de prendre la mauvaise direction et de louper le coche. Quand on écrit, on est mené par un fil invisible qui se renforce au fil du temps. On ne sait pas où on va, on se laisse mener tel un aveugle avec sa canne blanche. Et si vous me posez des questions, je ne vous répondrai pas. Après le tiramisu, on est allées se promener

sur les quais de l'Hudson. Des fous charmants dansaient en savates, des familles promenaient des bébés, des joggeurs ruisselaient. Le soleil s'est éclipsé. Il a fait froid. « Ô AVRIL, clamait une pancarte, POURQUOI ES-TU SI CRUEL ? »
Et le soir ? J'ai dîné avec Dan. Grande discussion pour savoir s'il vaut mieux écrire sa vie ou des romans. Tout est parti de Martin Amis. Dickens affrontait Balzac, Flaubert était-il Madame Bovary, Nabokov avait-il forniqué avec Lolita ? Shakespeare et Hugo se hissaient au-dessus du lot. On a mangé un tiramisu, et on est rentrés.
Another day in New York…

9 avril :
Après le tremblement de terre : l'éclipse ! Mais si le tremblement fut une surprise, l'éclipse était annoncée depuis des semaines. Les New-Yorkais s'étaient préparés : lunettes spéciales, casquette, thermos, crème solaire bien épaisse, tapis de gym roulé sous le bras pour s'allonger sur un bout de macadam et contempler.

Hier, à l'heure du déjeuner et jusqu'à 15 heures 17, les boutiques, les restaurants, les bureaux s'étaient vidés. Les gens s'étaient massés dans les rues, les parcs, les aires de jeux et attendaient… l'éclipse totale. Nuit noire sur la ville. J'avais la casquette, les lunettes et, tartinée de crème solaire, je me suis promenée. Tous les nez pointaient vers le ciel. La lune progressait, le disque noir grignotait le disque jaune. Les gens s'exclamaient, sautillaient, se renversaient sur leur tapis de gym, se prenaient dans les bras. « *Oh ! my God ! oh ! my God !* Voir ça de son vivant ! La prochaine fois, je serai mort », soupirait un monsieur âgé. « Moi, pas ! triomphait son petit-fils, tu me donneras tes lunettes ? » Je me suis postée à l'angle de West Houston et de la 6e Avenue, sur le terrain de jeux, et j'ai attendu. La lune ne se pressait pas, les gens l'encourageaient : « Vas-y, Lune, vas-y ! » Le lièvre et la tortue. Le lièvre vaniteux et superbe allait se faire avaler par la lente et obstinée tortue. Enfin, ce fut l'éclipse totale. Hourra ! Embrassades, larmes de joie. Disque noir bien collé sur disque jaune. Mais pas de nuit dans la ville. À peine une baisse de luminosité. Les gens se sont regardés, étonnés. Quoi ? C'était une éclipse TOTALE ? « Ben oui, m'a expliqué un monsieur savant, il aurait fallu être plus au nord, aux chutes du Niagara, par exemple, ou plus au sud, au Mexique ou au Texas. » New York était juste à côté du sillage de la Lune. « Pas grave, je lui ai dit, c'était une belle fête. » Tout le monde est reparti, les plus vieux balançant leurs lunettes dans les poubelles, les plus jeunes les ramassant « pour la prochaine fois »…

10 avril :

Hier soir, *do ré mi fa sol la si* ! Je suis allée à Carnegie Hall écouter Mitsuko Uchida et Jonathan Biss jouer le divin Schubert. À quatre mains. Tous les deux un peu serrés sur la banquette, surtout Jonathan Biss, un colosse qui partait en avant, en arrière, levait bien haut une main, un coude et menaçait de faire chavirer le banc en cuir noir. Mitsuko, toute frêle, résistait. Ravissement, extase, oreille qui enfle de volupté... À l'entracte, avec Marianne la mélomane, nous avons bu une coupe de champagne et fait tinter nos verres. Le Carnegie Hall se trouve *uptown*, j'ai donc pris le métro C, mon favori. J'aime avoir des habitudes dans une ville que je visite (c'est pour cela que j'y reste un mois !). Je me dessine une famille, un paysage, un village. Je m'installe. Mon métro, ma Buvette Gastrothèque, mon marchand de gâteaux, ma supérette (D'Agostino sur Greenwich Street), et tous les nouveaux amis que je salue en les rencontrant : Tonio, l'arroseur de fleurs, les *doormen*, le monsieur de la laverie, Jake, Hester, Tamisha... J'ai le sentiment d'ÊTRE new-yorkaise. New-yorkaise aussi car plus jamais je ne sors mes dollars. Vous savez, les petits billets verts ? Ni ma carte de crédit. Je paie tout avec mon téléphone. Une fleur, le métro, le bus, une bouteille d'eau à 2 dollars. Pif ! Paf ! Je plaque mon téléphone sur la note. New-yorkaise ! Il m'arrive de ne pas être rassurée quand je rentre

en métro à minuit sonné, mais je me dis : « Tu es une vraie New-Yorkaise, alors n'aie pas peur ! » Parfois, des types patibulaires cherchent la bagarre, je me replie sous ma casquette pour ne pas me faire remarquer. Car je me suis acheté une casquette rouge bordeaux sur laquelle est brodé « NEW YORK ». J'avais remarqué que tout le monde, ici, portait une casquette. J'ai donc fait… comme tous les New-Yorkais.

11 avril :

Il y a les jours où vous vous dites je ne fais rien, je sors le nez en l'air, je me laisse porter par mes pieds. Je saute dans un bus « rien que pour voir ». Voir, c'est apprendre, vérifier qu'on pensait droit ou courbé. Je suis partie vers l'East Village, ai découvert des murs entiers de fresques, un monsieur tout grand tout rond qui confectionne des robes bariolées et des bouquets de fleurs qu'il vend sur le trottoir. Et puis... dans un de mes restaurants favoris (Russ & Daughters), je suis tombée sur mon amie, Kathy. Une artiste qui dessine des graffiti et est en train de « monter » en célébrité. On a mangé un *chopped liver*, des *blintzes* et on est reparties. Elle a pris des photos des murs de graffiti. On a sauté dans un bus, on est remontées en haut de la ville (où j'ai rencontré des lectrices devant le cube Apple, on a parlé, ri, elles venaient de Lille). Un petit tour sur la 5e... et là, devant la Trump Tower, Donald Trump arpentait le trottoir, arrêtait la circulation, haranguait les passants. Deux flics se poussaient du coude : « C'est lui ou pas ? » C'était pas lui, mais il était criant de vérité. Les gestes, le débit de voix, le ventre en avant, la main lissant la mèche, le fond de teint orange. Certains regardaient, muets, d'autres riaient, d'autres encore lui ont serré la main. Personne ne l'a sifflé ni insulté. Il a fait un selfie avec une femme qui lui courait après, lui a empoigné un sein, elle s'est abandonnée dans ses bras. Je n'en revenais pas. Je m'attendais à des attitudes plus agressives. Les New-Yorkais détestent Trump et redoutent son retour au pouvoir. Mais très vite… les voitures ont roulé, les piétons ont marché, la stupeur était passée. Le show était fini. Au suivant !

Et hier soir, c'était décidé : je restais à la maison, avalais une tranche de dinde dodue, lisais et… dodo. J'allais éteindre quand, grave erreur ! j'ai allumé la télé. Dernières nouvelles : un ouragan ravage le Texas et se dirige vers la Floride, pluies et orages prévus sur New York, l'inflation repart, Trump est renvoyé devant la justice, l'avortement remis en question, procès d'un policier accusé d'avoir tué un jeune Noir. Fin des informations. Je change de chaîne. Tombe sur TCM, la chaîne du cinéma. C'est le début du *Parrain*. Je le connais par cœur mais… je suis happée. Je dormirai demain soir.

12 avril :

Hier, j'ai reçu une photo de Boy devant la librairie. (Martine lui a confectionné une longe qui lui permet d'aller et venir, de s'asseoir sur les marches extérieures et de regarder passer les gens.) Aussitôt double nœud dans mon cœur. Que dis-je « dans mon cœur » ? Dans ma gorge, ma poitrine, mes entrailles, mes hanches, mes genoux, mes chevilles… Je ne suis plus qu'une torsade de pleurs étouffés. IL M'ATTEND ! Il se meurt d'amour pour moi, je l'ai abandonné. Je suis indigne. J'écris, pantelante, à l'ami qui m'a envoyé la photo : « Il va bien ? Il mange bien ? Il n'est pas trop triste ? », « Non, non, il me répond, il attendait Jeanne, ils partaient en week-end ensemble… »

Jeanne, c'est sa fiancée (souvenez-vous, une magnifique labrador blonde), qu'il rejoint le week-end quand je le confie à Martine. Ce jour-là, Jeanne était à Paris, elle était venue le chercher à la librairie pour partir en amoureux à la campagne…

Boy me manque quand je me couche le soir. J'étends les jambes dans mon lit, cherche son poids au bout de mes pieds et ne trouve rien. Rallume la lumière. Le cherche partout. Et me rappelle soudain qu'il est resté à Paris. J'éteins, triste, abandonnée. Me console en me disant qu'il va bien. Ce n'est pas moi qu'il guettait sur le trottoir d'un air inquiet, mais Jeanne, sa belle fiancée.

13 avril :

Hier, il pleuvait (un jour sur deux, il pleut et je rentre mes blancs moutons). Je suis allée à la Buvette déguster mon BLT sandwich, mon verre de pinot noir. J'y ai maintenant ma table, mon rond de serviette. On me lance : « *How are you today ?* » et je souris : « *Fine, fine, and you ?* » Et c'est parti. Je me coule dans mon siège, pose mes affaires, le cahier noir où je note mes idées, le Bic aérodynamique que je viens d'acheter. J'écoute la bande-son du restaurant, du jazz doux à l'oreille. Goûte le verre de vin. Salive à l'idée du sandwich qui arrive. Je ne cesse de m'étonner des petits bonheurs de la vie. Je les attrape comme des ressorts qui me propulsent en avant. Ne jamais être blasée. Négative. M'enthousiasmer. Un détail m'enchante, m'envole, rectifie la vie quand elle semble au-dessus de mes moyens. C'est ce que j'aime ici. Cette propension à attraper des morceaux de beauté, à les transformer en une formidable énergie. La vie y est difficile, certes, mais il y a toujours un fond d'air, un sourire, une attitude, une anecdote qui vous emmènent ailleurs. Vous donnent un air nouveau à respirer. Ici les gens ne râlent pas. Ne se plaignent pas. Ils avancent, font de leur mieux. Mon BLT sandwich se présente. Tout est bon, le

bacon, la tomate, la feuille de laitue, le pain, le vin, le sourire du serveur. À 16 heures, j'ai rendez-vous avec Sofia Quirino, à la galerie Praxis, dans Chelsea. Sofia est une artiste peintre que je suis depuis longtemps. J'ai acheté deux de ses tableaux. J'aime son univers. Je voulais la rencontrer.
Et voilà, nous sommes face à face. Elle, Argentine de Buenos Aires, qui vit à New York parce que dans son pays la vie devient n'importe quoi. Les artistes sont asphyxiés. Les gens, culbutés. La culture, niée. À New York, elle respire, elle crée. Ce n'est pas toujours facile, elle travaille à côté, sur des chantiers. S'esquinte les mains, le dos à porter des choses trop lourdes. On a parlé de ses tableaux, de son pays. Et encore une fois… j'ai été emportée ailleurs. Là où la vie fourmille, les couleurs jaillissent, les cœurs se hissent vers un monde plus beau…

14 avril :

Il fait un froid à fendre l'âme, à ne plus croire au printemps, aux cerisiers en fleur, aux oiseaux

qui vocalisent, aux bras nus dans la rue. Ce matin, je suis sortie, enfouie sous une écharpe, un col roulé, un imperméable orange, coiffée de ma capuche. Il crachinait une pluie mesquine qui insistait, s'infiltrait. Je ne voyais plus rien ! Je me suis trompée de rue, d'avenue, suis arrivée à tâtons à la station de métro, me suis égouttée dans la rame. Mais... j'ai été récompensée : j'ai déjeuné avec une lectrice belge é-pa-tan-te, Macha. Elle m'avait écrit sur mon site (katherinepancol.com) qu'elle aimerait bien prendre un café avec moi puisqu'elle aussi était à New York. On s'est retrouvées au Pain Quotidien sur Broadway en haut de la ville. On a mangé une tartine à l'avocat, bu un café, tchatchaté. Elle m'a raconté sa vie : elle écrit des textes, les joue sur scène, apprend à faire rire (parfois ça marche, parfois pas du tout). Travaille à la radio et dans une start-up. Elle a deux enfants, une énergie et un appétit à avaler une montagne.

À New York, j'ai le temps. Je prends chaque seconde, chaque minute, la décompose en minuscules instants que j'étire comme des élastiques. Essayez ! C'est réjouissant. Vivre au ralenti sans se cogner partout parce qu'on va trop vite. Macha est repartie, j'ai redescendu Broadway jusqu'au petit square sur la 72e Rue à la recherche de John, le saxophoniste que j'avais rencontré en octobre dernier. Il n'était pas là. Je me suis dit que c'était à cause du froid, de la pluie, je me suis dit aussi qu'il avait quatre-vingt-seize ans… et j'ai serré les dents. J'aimerais le revoir. Lui, la plainte de son saxo, ses longs sourcils blancs, ses histoires avec Judy Garland et Maurice Chevalier. J'y retournerai au premier soleil. Je suis allée acheter des fleurs, des crèmes au chocolat, des noisettes, des myrtilles, des douceurs pour réchauffer la météo. Demain, le thermomètre rebondira, on enverra voler les écharpes, les capuches, les cols roulés… et on fera claquer les talons sur les trottoirs.

15 avril :

Je n'ai pas arrêté d'arrondir la bouche d'étonnement, hier, dimanche. D'abord, en écoutant les émissions politiques du matin sur CBS, NBC et ABC. J'entendais les journalistes, les hommes politiques débattre des mêmes problèmes qu'en France : dette nationale, inflation, insécurité, trop de migrants, pas assez de main-d'œuvre (les jeunes Américains ne veulent plus travailler), guerre en Ukraine, attaque de l'Iran, sort des femmes si Trump est élu... Les républicains sautaient à la gorge des démocrates, les démocrates fustigeaient les républicains. Je me pinçais, regardais par la fenêtre pour m'assurer que j'étais bien à New York ! L'opinion est à vif : le procès de Trump commence ce matin à Manhattan. La ville va être quadrillée par les forces de police, et la circulation impossible. C'est la première fois qu'un président américain est jugé pour « faits criminels » (*sex and money*). Le procès durera six à huit semaines. Au moins, pendant ce temps-là, Trump ne fera pas campagne et sa

casquette rouge restera sur une étagère. J'ai arrêté la télé, enfilé un pull, pris mon écharpe, mon imper, ma capuche orange et suis partie déjeuner avec William.

Pliée en deux devant la pluie qui giflait, la bise qui sifflait. Tête dans les épaules, j'ai foncé jusqu'au *very good restaurant*, RH Guesthouse, 55 Gansevoort Street (à côté du Whitney Museum). Tout en haut d'un building. Chic, cher mais beau et bon. William est français, il vit depuis vingt-cinq ans à

New York. Travaille comme coloriste dans un grand salon de coiffure. Illumine les crinières les plus célèbres du monde. (Je ne donnerai pas de noms, mais c'est croustillant !) Il vole en première classe pour aller peindre les cheveux d'une princesse, d'un chanteur, d'une actrice. Résiste aux colères des femmes qui lui interdisent de rendre d'autres femmes très belles. On a parlé de l'actualité, mais aussi des produits miracles qui rendent les capillaires plus épais, plus brillants (j'ai pris des notes). Quand on est sortis, stupéfaction ! le soleil brillait, le thermomètre explosait. Je transpirais à grosses gouttes dans mon ciré. Et ce n'était pas fini ! Dans la soirée, la tempête a repris. « Dis, monsieur météo, je m'habille comment demain ? »

16 avril :

Ah ! Ah ! Vous voulez connaître le nom du produit (que je mentionnais dans mon dernier post) qui donne volume et brillance aux cheveux ? William m'avait écrit « IGK *dry shampoo* » (shampoing sec). Il avait ajouté que je le trouverais sur Amazon.

J'ai cherché, cherché, en vain. Deux limiers sont sur la piste, je vous tiendrai informées. (À moins que vous ne trouviez avant moi, c'est un défi que je vous lance !)

Today was a glorious day. 25 °C, soleil au firmament, filles en jambes nues, garçons farfelus déguisés en étalons machos ou en délicieux éphèbes montés sur talons hauts. Je me suis régalée à les observer.

J'avais rendez-vous à 13 heures au Chelsea Hotel avec Man-Laï (elle organise des événements à Paris, Barcelone, New York pour faire connaître des marques, des entreprises, des stylistes). Elle vit et a installé son bureau au Chelsea Hotel depuis longtemps, fait partie des résidents qui ont pu garder leur chambre à un prix raisonnable quand l'hôtel a été racheté et refait. Man-Laï a coproduit un film, *Le Fantôme de Chelsea Hotel et autres histoires du rock and roll*, qui raconte cette légende. Elle se bat aujourd'hui

pour que les boutiques du quartier ne soient pas démolies et remplacées par des gratte-ciel. Elle a fort à faire car les promoteurs rôdent, reniflent la bonne affaire et alignent les piles de dollars, appâtant le chaland. C'est une femme énergique, obstinée. À 13 heures, je l'attendais dans le lobby de l'hôtel quand Béatrice s'est présentée. Une lectrice. De passage à New York. Venue voir sa fille en stage à New York. Nous voilà, nez à nez, toutes les trois. Présentations. Salutations. Bavardage. Un peu de tout, un peu de rien. La fille de Béatrice cherche une chambre à Manhattan, mais tout ce qu'elle trouve est soit hors de prix soit un horrible taudis. Man-Laï lui a proposé de lui en trouver une. Man Laï a des « plans » pour tout et ouvre son bureau à tout le monde. Une grande partageuse. Béatrice a remercié et j'ai applaudi. Par-dessus tout, j'aime être utile.

17 avril :

Another glorious day in New York ! En compagnie, cette fois-ci, de mon amie Patricia. Moitié suédoise, moitié française, moitié américaine, un amour de femme. Nous nous sommes connues, il y a dix-sept ans. Elle m'avait envoyé un mail sur mon site (katherinepancol.com). Elle habitait Wilmington, Delaware. Buvait un café noir chaque matin en lisant *Les Yeux jaunes des crocodiles*. Était prête à le traduire en anglais, à assiéger les éditeurs, les agents pour qu'il soit publié aux USA et, si personne n'en voulait, à le vendre sur une table au coin d'une rue. (Finalement, il a été publié chez Penguin et a très bien marché.) Un jour, elle est venue en France. On s'est vues. Adoptées. Et depuis... ça dure. Elle habite Wilmington, j'habite Paris. On fait de chaque rencontre un moment à ne gaspiller sous aucun prétexte. Hier, on a rempli la journée tel un gros oreiller dodu. Déjeuner au Sant Ambroeus, le délicieux italien au coin de Perry Street et West 4th St. (encore un tiramisu !). Présentations à mon ami, Mohammed, sur les marches du restaurant où il travaille. Mohammed vient d'Angola. Il parle français avec moi et rit tout le temps (même

si sa vie jusque-là n'a pas été très gaie. Il m'a raconté les mille mésaventures d'un migrant qui arrive aux États-Unis, il faut s'accrocher. Mais il n'avait pas le choix).
Et puis, on est parties. Dans l'East Village. Voir des galeries. Patricia peint. Elle ne se prend pas au sérieux. Comme beaucoup de femmes. C'est la maladie des femmes de douter de soi, de ses capacités. C'est rare, un homme qui doute. Quand j'en rencontre un, j'ai envie de le décorer de tendresse. On a marché, parlé écriture, peinture, l'importance d'un trait de pinceau, d'un mot. J'ai découvert une adresse au 180 Orchard Street. Un magasin qui s'appelle 2nd Street qui vend des vêtements de marque (APC, Comme des garçons, Balenciaga, etc.). De 7 à 35 dollars (j'ai acheté un pantalon tip top pour 12 dollars). Une malle aux trésors. On a filé sur Chelsea voir d'autres galeries. Demain, cap sur une exposition au 2 Lincoln Square, à l'American Folk Art Museum et puis, Patricia reprendra son train pour Wilmington… Sniff, sniff !

18 avril :

Avez-vous déjà dormi, la tête entre deux oreillers, les doigts crispés sur les taies, essayant d'oublier le vacarme du voisin ? Avez-vous déjà scruté dans le noir la lente progression des aiguilles du réveil en priant le Ciel que le supplice finisse ? Avez-vous déjà, à bout de nerfs, imaginé aller lancer un grille-pain (allumé) dans la baignoire où marine le voisin ? Moi, oui. Depuis trois nuits. Vers 23 heures 45, le voisin (du dessus) fait couler un bain. Un très long bain parce qu'à 1 heure 23 l'eau coule toujours. Les canalisations tremblent, hoquettent, tressautent, sifflent, s'étranglent. Des marteaux-piqueurs entrent en scène… Tatatatatatata ! Je fais des bonds dans mon lit, me dresse telle une Pythie et retombe, les nerfs en épis. L'immeuble est vieux, les tuyaux sont perclus de rouille, calcaire, cuivre pourri. Chaque débit d'eau déclenche une pétarade. Ce soir, c'est décidé, je file au lit avant que le voisin ne file au bain. Quand je dors, aucune sirène ne me réveille. Et s'il y parvient malgré tout ? Je lancerai le grille-pain.

Cet après-midi, après avoir dit au revoir à Patricia à Penn Station, je suis partie à la recherche de John le Saxo. Il faisait froid, il pleuvait. J'ai remonté Broadway jusqu'au square de la 72e Rue. Observé chaque banc, tendu l'oreille. Cherché des sourcils blancs. Pas de John. J'y retournerai demain.

Halte au MoMA. À la collection permanente au cinquième étage. (Le show de Joan Jonas ne m'ayant pas passionnée.) Me suis remplis l'âme et les mirettes. Suis repartie guillerette.

Sinon… Trump s'énerve, tweete au sujet de son procès (alors que c'est interdit…) et d'un animateur télé qu'il déteste, le jury se compose peu à peu, les débats vont pouvoir commencer. Salman Rushdie, interrogé sur CNN, dit avoir rêvé la veille de l'attentat dont il a été victime qu'il allait se faire poignarder. Il avait hésité, le lendemain, à se rendre à la conférence où il devait prendre la parole, puis s'était dit que ce n'était qu'un rêve. Oui mais… Un rêve peut être prémonitoire, il a failli le payer de sa vie. La semaine prochaine, son nouveau livre, *Knife*, sera en librairie…

19 avril :

Hier matin, branle-bas de combat : je dois être à 9 heures 45 au Lincoln Center dans le hall David Geffen pour assister à une répétition d'orchestre. (Mon amie, Marianne, membre bienfaitrice du New York Philharmonic, m'a donné son invitation.)

Au programme : Lili Boulanger, la *Symphonie n° 5* de Prokofiev et Olga Neuwirth (connaissais pas, pas trop aimé, je ne dois pas avoir l'oreille assez « éduquée »). J'ai le cœur qui bat la grosse caisse. Je vais entrer dans le cœur d'un orchestre, voir comment se tisse une œuvre. La queue, devant les portails de sécurité, est longue. East Line, West Line selon qu'on veuille se placer à droite ou à gauche dans la salle. Les gens s'alignent en laissant un espace devant, derrière. Non seulement les Américains ont l'art d'attendre, mais ils entendent le faire sans être pressés ni bousculés. Une dame que j'effleure me lance un regard outragé. Je m'excuse, mais me heurte à un bouclier.

Ce furent trois heures de bonheur. Le chef (Thomas Søndergård) était presque discret, calme, précis. Les nuances apparaissaient, les notes se coloraient, se développaient tels des arômes. J'étais assise à côté d'un couple d'étudiants de la Juilliard School. Ils déchiffraient la partition, les sourcils froncés, une buée de transpiration sur les ailes du nez. La jeune fille respirait par saccades, le garçon la soutenait. Quand je suis sortie, il faisait toujours froid eskimo. Je suis passée par le petit square pour apercevoir John le Saxo. Toujours pas là. J'ai pris le métro, retrouvé mon amie Charlie dans notre restaurant japonais préféré, Nami Nori. La jeune femme qui se tient à l'entrée et place les clients est belle, douce. Très élégante aussi. Elle a le truc pour s'habiller. Je l'observe et lui pique des idées. Généreuse, elle me donne ses adresses. On a mangé les grains de riz un par un, les algues, les lamelles de brocolis. Et les soupes ! Le saumon ! Le calamar ! Le wasabi *tataki* ! La chips *crispy* ! On a voyagé, papilles ouvertes, yeux fermés. Attention ! Addition salée mais c'est si bon... Il faut bien oublier l'actualité qui pique.

20 avril :

Hier, il pleuvait encore. Une pluie hypocrite, pas franche du collier. Et glacée. Les gens marchaient dans leur ciré jaune, vert, gris, en grimaçant. J'ai pris mon remède contre la mélancolie (un livre de Colette, *Le Fanal bleu*) et suis allée me réfugier à la Frenchette Bakery, cafétéria à l'intérieur du Whitney. L'endroit est lumineux, presque silencieux, un haut plafond et… des gâteaux si bons. Un café noir, Colette, un paris-brest, et ça irait mieux. Au début du livre, Colette évoque une lettre d'amour qu'elle a reçue d'un lecteur. Le matin même, je venais d'en lire une sur mon site (Katherine Pancol.com) qui m'avait réjouie :

Bonjour Katherine,
Je viens de terminer Les Écureuils de Central Park sont tristes le lundi*, j'ai lu les trois volets de cette saga et j'ai adoré. En fait, ce que j'ai aimé dans toute cette histoire depuis* Les Yeux jaunes des crocodiles*, ce sont les personnages que vous avez créés. Je ne sais pas si vous connaissez la vie des poules, elles ne vivent pas très longtemps à cause des prédateurs qu'elles vont croiser ou bien elles meurent de mort naturelle, bref, il ne*

m'en reste que trois et, dans la prochaine tournée, je les choisirai de couleurs différentes et leur donnerai les prénoms de vos personnages. Comme Josiane, Henriette, Hortense, Joséphine. Ça faisait longtemps que je cherchais à nommer mes poules et j'ai enfin trouvé. Merci à vous pour ce que vous faites, merci pour ce que vous écrivez... Bien cordialement, Caroline.

J'étais fière comme une poulette qui vient de pondre et se frotte les ailes. Le soleil allait pointer, la pluie chagrine cesser, j'irai me promener, le nez en l'air. Enchantée des mots de Caroline. Je lui ai répondu que j'étais très honorée d'être la marraine de ses poules et que j'attendais la photo des poulettes !

21 avril :

Samedi, dimanche. Je pars en week-end à Brooklyn. Chez Elizabeth.
Le ciel est habillé de flanelle grise, le thermomètre sombre. Je glisse brosse à dents, pulls, le *Fanal*

bleu de Colette dans mon sac et… métro F, direction Brooklyn. Arrêt à Bergen Street. Elizabeth m'attend à la sortie. On va passer le week-end ensemble. On a décidé. Je l'ai rencontrée, à New York, en octobre (vous vous souvenez ?). Nos regards avaient cliqué. Toi, au bout de la table, je vois tes yeux qui brillent, rient, se moquent, tout en restant polis, tu veux bien être mon amie ? Elle avait souri et m'avait baptisée « Froggie » (*for French !*). On m'avait dit le plus grand bien d'elle. Journaliste respectée, lanceuse de magazines (*Vanity Fair*), rédactrice en chef de *The Nation*, de suppléments dans le *New York Times*, auteure d'une thèse d'université sur le Moyen Âge français. *Not bad !* Tête bien faite sur un torse de petite fille, des jeans effrangés, des bottes de cow-girl, les poings enfoncés dans les poches de son blouson. Des cernes qui racontent des nuits ravageuses. Elizabeth, mangeuse de foudre et de chagrins. Une vie de bonds et de bosses. Un grand amour (beaucoup d'amants aussi), une fille et une petite-fille qu'elle chérit, des voyages,

des rencontres illustres... Bienvenue à Brooklyn. On ne s'est pas prélassées ! 10 kilomètres à pied chaque jour sur les quais, sur le pont. Avec Scarlett, la chienne cabossée qu'elle a ramassée dans la rue. Des heures à raconter nos vies en écoutant Billie Holiday, Eminem, en buvant du gigondas. Sans se donner de grands airs. Sans faire semblant d'être en acier trempé. Je l'ai déjà dit et je me répète, Elizabeth a quatre-vingt-deux ans.

Chaque jour, elle persiste et elle signe. Une heure de Pilates, marche à pied, piles de livres à lire. S'agiter pour ne pas lâcher la rampe, même si, parfois, elle louche sur le fauteuil près de la cheminée. Non ! Non ! Elle redémarre. Court les expos, les théâtres, écrit, lit, ouvre aux amis errants sa belle maison (achetée pour un quignon de pain, il y a longtemps). On a passé deux jours ensemble. On a siphonné nos vies. Les belles choses, les moins belles. Les pas belles du tout… Pas grave, on sort la clé à molette et on répare. Un livre de Colette, un week-end avec Elizabeth. Deux ballons rouges dans le ciel gris flanelle…
Le dimanche soir, je ne voulais plus partir, elle l'a deviné et a suggéré de sa petite voix douce et si pertinente : « Et si tu restais ? » Et je suis restée un jour encore.

23 avril :

J'ai déjeuné avec Jacqueline (une lectrice) au Met Museum (je vous recommande le restaurant au quatrième étage). Encore une femme formidable ! À quoi reconnaît-on une femme formidable ? Une femme qui plie mais ne rompt pas. Poursuit son grand bonhomme de chemin malgré les avanies, les calomnies, les crocs-en-jambe et les coups de massue.

Puis je suis partie à travers les dédales du Met à la recherche du tableau de Félix Vallotton, (vous vous souvenez ? *La Loge de théâtre, le monsieur et la dame*). Cette fois-ci, j'ai fait une vraie enquête. Interrogé des guides à casquette. Suivi plusieurs pistes. Résultat : chou blanc et scrogneugneu !

Au pied d'un grand arbre, dans Central Park, je me suis réfugiée. J'ai posé la tête sur l'écorce. Fermé les yeux. Pensé au tableau, à la main crispée de la femme, au regard lourd du monsieur, au jaune de la loge, quand j'ai été dérangée par un bruit qui n'appartenait pas aux autres bruits. Sourd, mais précis, répété, un bruit qui faisait : « Scratch scratch, réveille-toi, regarde-moi. » J'ai ouvert les yeux et là, dans toute sa splendeur,

j'ai aperçu… un écureuil. Un magnifique écureuil sur le tronc en face du mien. Il s'est étiré, a déployé sa queue, a pris la pose. A descendu quelques marches telle une girl emplumée du Moulin Rouge. Une autre pose, plus lascive, à la Marilyn. Un récital. J'ai étendu le bras en sourdine pour le photographier. Il ne demandait que ça. Puis a suivi une hilarante séquence de « Regarde comme je suis beau. De face, de trois quarts, de profil. Admire-moi, fais des photos et… si tu avais quelques noix ou noisettes, ce ne serait pas de refus ».
Je n'avais rien, même pas un vieux biscuit pour Boy au fond de ma sacoche. Il m'a observée qui fouillait, fouillait. Sans bouger. Droit dans les yeux. A repris une pose nouvelle pour que je racle bien mes poches. Attendu. Et puis, lassé, a replié sa queue panache et s'est assis devant moi. Que se passe-t-il ? Je ne comprenais pas ? Je ne parlais pas anglais ? « Pourtant, d'habitude, ça marche. Surtout avec les touristes ! Je les rends fous ! » On est restés quelques minutes

à se dévisager. Lui, pas farouche, moi, au bord du fou rire (mais je ne voulais pas le vexer). Et puis, déconfit, il est reparti.
Merci, monsieur l'écureuil, *you've made my day* !

24 avril :
Hier soir. Dans le loft de Dan. Allongée sur un grand canapé. Chaussettes douillettes, jogging mou, ordinateur sur les genoux.
– T'es bien ? il dit en attrapant le bout d'une chaussette.
– Oui…
– T'écris ?
– J'écris et j'efface. J'écris et j'efface.
– Quand on ne peut pas faire, on défait…
Et il s'éloigne, me laissant désemparée.
Je l'entends fourgonner dans la cuisine. Il doit préparer le dîner. Hier, il a voulu m'apprendre à faire des œufs pochés. Ça m'a paru très compliqué. Multiples bols, multiples instruments, multiples complications. Je l'ai regardé s'affairer sans rien dire. N'ai pas bronché. Ai même applaudi. Ma

recette à moi ? Bien plus simple ! De l'eau qui bouillonne, un peu de vinaigre, je jette l'œuf puis le repêche au bout de trois minutes avec une passoire. Il m'a regardée en levant les yeux au ciel. Quelle béotienne !

Toute la journée, elle m'a narguée. (L'héroïne de mon prochain livre.) La blonde avec un grand nez. Elle passe, repasse et je lui cours après. Je tente de coller des détails à ses basques, mais elle s'échappe.

Hier, déjeuner à l'Empire Diner sur la 10e Avenue et 22e St. Seule. Pour mâchouiller mes pensées. Un petit tour à la Praxis Gallery, et je pars prendre un café avec Emma, ses parents, et Clara, sa sœur. Emma a onze ans et lit comme une affamée. « Tout le temps, tout le temps… », elle dit dans un sourire doux comme un câlin. Le dernier livre lu ? *L'Appel de la forêt* de Jack London. « Et elle écrit aussi », chuchote sa maman (Virginie m'avait écrit sur mon site pour qu'on se rencontre).

Alors nous avons parlé littérature et ratures. Emma a commencé un roman. A inventé des personnages. A écrit au moins deux cents pages ! Oui mais… Elle a plusieurs projets en chantier. Ne sait plus sur lequel travailler. Où donner de la tête. Comme sait-on si l'idée qu'on suit est la bonne ? J'ai promis à Emma de la prendre en stage quand elle se lancerait pour de bon.

Et puis, Marie nous a rejoints (elle m'avait écrit sur mon site aussi). Marie est française et vit à New York depuis cinq ans. Lumineuse, généreuse, une fusée sous chaque pied. Tout l'intéresse, elle furète, fouille, note. Et ne tarit pas d'éloges sur New York ! Nous sommes parties à Chinatown rejoindre les Chinois qui font du tai-chi ou jouent au mah-jong. À Colombus Park. Ils n'étaient pas là. Trop froid, trop de pluie. On a marché dans les rues encombrées et étroites. Petites boutiques, fruits et légumes frais, restaurants à 10 dollars sur Mott Street (très bons), rues semées de lanternes. Il faisait gris-nez rouge. C'était l'hiver… en Chine.

26 avril :
Hier, c'était une drôle de journée. Ombre et soleil. J'étais avec Charlie, mon amie américaine. Je l'ai connue il y a longtemps. Quand elle étudiait à Paris. On ne s'est jamais perdues ni de vue ni de cœur. Charlie est une boule d'amour. Toujours positive, souriante, prête à tendre la main. Et pourtant, les malheurs lui pleuvent sur la tête. Depuis des années. Elle les collectionne. Coche toutes les cases. Et, quand elle croit les avoir toutes remplies, qu'elle s'apprête à respirer, une autre averse ! « Avec Jim [son mari], on a pris le parti d'en rire. On rit beaucoup ensemble. » Elle ne se plaint jamais. Vous lui parlez de quelqu'un qui va mal ? Elle enfourche une civière et vole à son secours. Marcher dans la rue avec elle ? C'est comme travailler avec une équipe du Samu social.

Il y a de plus en plus de migrants à New York. De plus en plus de scènes de violence. Il suffit de s'écarter des lieux touristiques, de laisser tomber l'album de belles images pour « voir ». Hier, dans le métro, un homme s'en est pris à une petite fille qui semblait péruvienne ou colombienne et vendait des friandises dans un panier. Elle devait avoir huit ans, avançait tremblante, terrorisée. L'homme, haut et large comme un buffet Tudor, s'est mis à hurler : « Fous le camp, rentre dans ton pays ! » Des passagers hochaient la tête, lui donnant raison. D'autres s'écrasaient dans leurs sièges. Charlie ne savait plus que faire… La petite fille a détalé.

Avec Charlie, on revenait de Columbia (l'université). Les campus s'enflamment en Amérique à cause du conflit Israël-Gaza (comme partout dans le monde). L'université était cernée par les forces de police. Personne ne pouvait plus entrer sans carte d'étudiant. Sorties de métro fermées. Journalistes repoussés. À NYU (New York University), c'est la même chose. Les étudiants débordent dans les rues. Les autorités sont impuissantes. Songent à faire intervenir l'armée. Et Trump fanfaronne. Parade au tribunal. Nous sommes allées prendre un café. Pour nous réconforter. Nous avions vu l'envers du paradis. L'envers du « rêve américain », du melting-pot qu'on nous apprenait à l'école...

27 avril :
Émilie (une lectrice) m'avait écrit sur Insta : « Je peins, je dessine. Mon rêve est d'être exposée un jour à New York. N'importe où. Sur un mur, dans une rue, à l'intérieur d'une galerie... S'il vous plaît, aidez-moi. Je vous envoie mes dessins, placardez-les. Bien en vue. » J'avais promis à Émilie d'exaucer son rêve. De prendre une photo, de la lui envoyer. Ainsi elle serait « exposée ». Émilie *in* New York.
J'avais d'abord pensé à les afficher dans une vraie galerie mais... le résultat était nul. Sur un mur blanc, on ne les voyait pas. Ils avaient l'air d'intrus qui n'avaient pas le droit d'être là. Sur des murs en briques rouges ? Oui mais... ce pouvait

être n'importe où. Porte de Clignancourt ou une usine désaffectée à Nanterre. Au milieu d'autres graffitis ? Ils disparaissaient. Alors j'ai pensé à une petite rue, dans le West Village, quartier où ont habité tant d'artistes avant qu'il ne devienne hors de prix. Nous sommes parties, Charlie et moi, les dessins et un gros rouleau de Scotch sous le bras. On a fureté longtemps avant de trouver LE bon endroit. Nous nous sommes fait refouler plusieurs fois. Interdiction d'afficher sur un espace public. « Vous avez une autorisation ? » Nous avions l'âme inquiète des vendeurs à la sauvette. Et puis, une idée : et si on allait tout au bout de Grove Street ? Entre Bleecker Street et Hudson Street. Dans une allée qui porte un nom *very british*, Grove Court. On a été dérangées par deux râleurs qui passaient par là, mais on a collé, collé. Malgré le vent qui soulevait les dessins, les arrachait, la lumière grise qui tombait, l'averse qui menaçait… on y est arrivées.

« Qui est Émilie ? m'a alors demandé Charlie. Tu la connais bien ? », « Non. C'est une lectrice qui m'a écrit sur Insta. » À répétition. Qui a su trouver les mots pour m'entraîner dans son rêve… ça ne s'explique pas. Une émotion qui filtre, une petite musique qui devient lancinante : « Réalise le rêve d'Émilie, le rêve d'Émilie ! » La force du désir d'autrui qui rebondit, traverse les terres, les mers, entraîne deux inconnues. Rend soudain le monde plus beau, plus généreux, plus saugrenu, un peu fou.

C'est tout.

28 avril :
Vendredi fut une journée presque tranquille : manger une boîte de sardines avec une pomme verte, lire le début de *Voyage au bout de la nuit* en anglais (texte émasculé des mots qui crachent et cravachent), aller *uptown* retrouver William qui va m'enluminer les cheveux (on appelle ça « un balayage »), me bader dans le miroir perruquée en Marie-Antoinette, marcher en Majesté blonde sur Park Avenue. *I am a blond queen parading in New York*. Et finir par m'installer au Pain Quotidien (Lexington et 66e St.), dans la tranquillité d'une grande salle, déserte l'après-midi, lire en trempant un cookie dans un chocolat chaud. C'était le paradis. Nous étions une dizaine, qui devant un ordinateur, qui devant un livre, affamée du silence qui régnait, presque recueillie, quand soudain… irruption de la réalité ! Un homme jaillit dans la salle et réclame 2 dollars pour manger. Débraillé, maculé, orteils qui transpercent les vieux souliers. « J'ai faim, il crie, compris ? J'ai faim. » On relève tous la tête. Flottants, effrayés. L'homme crie

encore : « Sales Blancs, gras, corrompus, je vais vous bouffer ! » Le service de sécurité (un jeune homme fluet) le pousse vers la porte, « Tu me jettes parce que j'ai faim ? Tu me jettes parce que j'ai faim ? » ; « J'appelle la police », dit le jeune homme fluet. Un autre homme arrive, musclé, et le trouble-fête est traîné jusqu'au trottoir. « Il était armé ? » me souffle la voisine. Je secoue la tête. « Si, si, il était armé ! Et tout ça, pour 2 dollars… » Je pense alors que, dans le salon de coiffure où je suis allée, le balayage (offert par William) coûte 600 dollars et la coupe faite par le maître du salon 1 300 dollars. *No comment.*
La fin de la journée fut plus calme. Les cinémas disparaissant un à un à Manhattan, des cinéphiles se regroupent et financent des ciné-clubs où ils projettent les films qu'ils désirent voir (quand les droits ne sont pas trop chers). Dans une petite salle défraîchie, nous avons regardé un vieux film, *Nowhere Special* (*Un endroit comme un autre* d'Uberto Pasolini avec James Norton) qui nous a arraché des larmes. Encore

une histoire de désirs qui unissent, d'énergie, de bonnes volontés. Elle est quand même belle, la vie… même si elle est dure.

29 avril :

Je veux retrouver John le saxophoniste avant de quitter New York. Broadway et 72nd St. C'est dans ce square, coincé entre Broadway et Colombus, que je l'ai aperçu la première fois. En octobre dernier. Il jouait *Les Feuilles mortes.* Comment pouvait-il jouer aussi juste ? Comme s'il connaissait le cœur de chaque personne. Qu'il s'adressait à chacun de nous. À nos rêves, nos manques, nos échecs, nos chagrins. À notre impuissance à changer le monde. Comme s'il savait qui on était alors qu'on a tant de peine à le savoir nous-même. J'étais allée lui parler. Lui avais posé la question. Il avait souri, d'un sourire lumineux, le sourire d'une vie entière à réfléchir aux bonheurs éphémères, aux douleurs qui durent, à l'envie forcenée de semer de la joie pour faire la nique au malheur. Qui avec des notes de musique, qui avec des mots, des dessins, des gâteaux, en écoutant les autres sans juger ni blâmer. La générosité du cœur. Je lui avais demandé s'il gagnait bien sa vie en jouant dans les parcs. Il m'avait montré son étui rempli de billets verts. Il donnait 10 % de ses recettes à des associations qui s'occupaient de personnes défavorisées. J'étais retournée l'écouter. Étais repartie à Paris en le confiant à une amie. « Tu iras le voir, cet hiver, promis ? » À peine arrivée cette fois-ci, je suis partie, pleine d'espoir, vers le petit square. Y suis retournée plusieurs fois. Sans jamais apercevoir sa nuque courbée, ses yeux bleus sous des sourcils blancs, ses doigts dans des mitaines en laine. C'est normal, je me disais, il fait trop froid, trop mouillé. Hier encore… je l'ai cherché. C'était un jour parfait pour saxophoner. Il n'était pas là. Personne n'a su me renseigner. J'ai attendu, attendu. Il n'est pas venu. Si jamais vous passez par là et le voyez, dites-le-moi, s'il vous plaît.

30 avril :

Contente ! Je suis contente ! Heureuse ! *Happy ! Flying in the sky !* Et c'est grâce à vous. Vous avez retrouvé John. J'ai reçu des messages en français, en anglais, en espagnol. Vous m'avez envoyé des informations, des vidéos, donné des idées pour le retrouver… J'avais prévu, ce matin, d'aller au St. Jude Children's Research Hospital sur la 42e Rue. J'étais abattue, triste. Des nuages noirs dans la tête. Je pensais à sa fragile carcasse, ses mains fines aux veines bleues, ses cheveux neige, je me disais, cet homme merveilleux est trop fragile pour une ville comme New York… et en sourdine, j'imaginais le pire. Et puis, hier soir, j'ai reçu plusieurs messages sur FB et Insta qui disaient tous la même chose : John est vivant. John a eu un accident. Le 24 avril 2024, alors qu'il venait d'avoir quatre-vingt-dix-sept ans et qu'il se rendait à une fête avec son saxo, il a été renversé en montant dans un taxi. Il est au Mount Sinai Hospital où il a été transporté et opéré. Je connais cet hôpital. Je sais que je ne vais pas pouvoir aller le voir. C'est grand comme un aéroport géant. Mais je sais qu'il est VIVANT, VIVANT, VIVANT. Alors encore une fois… MERCI, MERCI, MERCI !

1er mai :
C'était ma dernière nuit à New York, il était 2 heures 15 et… le voisin du dessus m'a donné une aubade. Tuyaux, syphons, robinets, clapets se sont ébranlés, glouglous, hoquets, gargarismes ont suivi ; bécarres, dièses, bémols, sautillaient, allègres. Un orchestre liquide dansait au-dessus de ma tête. Je croyais l'avoir anéanti. Il me disait adieu, bon vol vers la France.
Parce que je m'en vais… Hier, j'ai couru comme une poulette sans tête. Je voulais voir encore, marcher encore, aspirer encore, me remplir les yeux, les oreilles, la cervelle, passer ma Metro-

Card dans la fente, sauter dans le métro express, prendre un Crossbus, lécher une affiche de musée, manger une saucisse en sandwich, avaler un dernier morceau de ville, clic-clac, en vrac. J'ai eu le temps de voir (Upper East Side) deux expos, Wayne Thiebaud et Cara Nahaul, que j'ai beaucoup, beaucoup aimées, aller dire au revoir aux écureuils de Central Park, redescendre *downtown* pour manger *the best cheese cake in the world* (17 Cleveland Place), fouiller les friperies du bas de la ville (Beacon's Closet, Crossroads, 2nd Street). Jubiler, jubiler jusqu'au bout. Encore, encore et…
À bientôt New York !

ÉCRIRE, C'EST VOULOIR TIRER LA ROBE DU FANTÔME

5 mai :

Je n'ai pas travaillé aujourd'hui. Ni samedi. Rien écrit. À peine gribouillé des mots en marge d'un roman de Colette. Pour relancer l'appétit. Emprunter sa liesse, sa voracité, son œil aiguisé. Essayé Céline aussi. Le début du *Voyage au bout de la nuit* qui, d'habitude, m'envoie des décharges rock and roll. Me réveille des torpeurs les plus molles. Rien de rien. Pas un seul mot qui me fasse bondir, pas une seule idée qui s'emmêle, se gonfle, entraîne une voisine et voilà une farandole qui chante et french-cancane. C'est comme ça d'habitude. Un mot me décapsule et j'avance sur le devant de la scène, fais battre mes jupons, mes gambettes, lance des aigrettes, des sons de grosse caisse, je deviens femme-orchestre. Valentine la Désossée.

Mais, depuis que je suis rentrée, je suis coincée dans un fuseau horaire. J'erre, incapable de saisir le présent, un détail piquant qui me remettrait d'aplomb. Suis encore « là-bas ». Je me penche en arrière, revis mes derniers jours à New York, bois le thé que ma jeune amie de quatre-vingt-deux ans me tend avec une cuillère de miel de Provence… « De Provence », elle dit avec un accent chewing-gum qui efface l'odeur du thym, de la lavande. Ses yeux de chat qui ont vu défiler des kilomètres de vie, son blouson en jean serré sur sa menue poitrine, ses jambes de Calamity Jane, ses bottes de cow-boy… Je regarde Boy qui soulève la tête, inquiet. « Ça ne te ressemble pas de gésir ainsi sur ton lit, à regarder la lumière du dehors conjuguer les gris, reprends-toi. Est-ce que je me lamente, moi, quand tu m'abandonnes pour aller faire ton aventurière outre-mer ? Non.

Je reste digne. Aimable. Courtois. Et quand tu reviens, je remets mes pattes dans tes pas et ne me plains pas d'avoir dû changer de couche, de gamelle, d'avoir abandonné Jeanne, ma fiancée. Les humains sont des mauviettes. Toujours à se plaindre, à s'ausculter, à s'autoriser des faiblesses, à les justifier… »

Et il laisse retomber sa tête sur le duvet moelleux qui limite son domaine, à gauche au bout du lit. J'ai honte. Il n'a pas tort, je tortillonne. Je me lève. Tourne en rond dans l'appartement, enfonce les talons dans le parquet, fixe un rai de lumière, une cruche jaune, un coussin orange, écoute les klaxons dans la rue derrière le camion de livraison, la gardienne qui parle dans la cour, les enfants qui partent à l'école, un camion-poubelle qui ramasse les bouteilles. Exerce-toi sur des détails et ta tête reviendra à Paris, France.
Et alors et alors, les mots ont bondi ! Merci, mon chien chéri.

7 mai :

Écrire. Comment on écrit ?
Impossible à dire. J'ai des idées qui passent dans ma tête telles des fumées. Elles filent, ondulent, se déforment, s'éteignent, se rallument. J'essaie de les attraper, de les rassembler, de trouver des mots pour les épingler. Fumées qui finiront par faire un personnage, une histoire (je l'espère). Je marche, petite chimiste en blouse blanche, le nez sur le nez des gens et prélève un sourire, une grimace, une phrase. Il m'arrive de piquer un détail à une personne charmante (croisée dans la réalité) et de le poser sur un être détestable (de mon livre en chantier). Et si cette personne charmante se reconnaît et s'insurge, que dois-je faire ?

Tenter d'expliquer le mystère de l'écriture, la bouillie dans laquelle je barbote ? Impossible. Alors, devant la moue sceptique de l'offensée future, il me faudra balbutier des inepties qui creuseront ma tombe, me jetteront des pelletées de honte, de remords.

Comment expliquer cette vapeur qu'on voudrait solidifier ? Ces personnages qui n'en font qu'à leur tête et derrière lesquels on court, essoufflé ? Quand l'éditeur de Tolstoï lui disait : « Ça fait quatre mois que vous me promettez la fin d'*Anna Karénine*, je vous ai donné des avances, qu'est-ce que ça devient ? », Tolstoï lui répondait : « Mais, mon pauvre ami, dites-moi où elle est partie, je ne sais pas où elle est. Si elle revient, je vous dirai ce qui s'est passé, mais là je ne sais pas. »

On ne sait rien quand on écrit. On avance, intrigué, hésitant, maladroit. On commence par un clin d'œil, une émotion, un tremblement, on s'exalte, ça y est ! je le tiens ce début de…, cette femme blonde au long nez qui, il me semble, fuit quelque chose. Mais quoi ? Je ne sais pas. Je pars, fleur au fusil, pour m'écrouler, bredouille, déconfite. Sans arrêt, il faut se relever. C'est ça, écrire. Trébucher, tomber, se relever et continuer à avancer… en faisant confiance à son esprit.

En février 1930, Virginia Woolf écrivait dans son journal : « Mon esprit travaille quand je paresse. Ne rien faire est souvent pour moi la voie la plus profitable. » Ne rien faire, suivre des fumées, patienter afin que tout s'ordonne et produise cette chose mystérieuse qu'on appelle « écrire »...

10 mai :

... Le problème, quand on écrit, qu'on peint, qu'on dessine, qu'on compose, qu'on incarne un rôle, qu'on fait des gâteaux, des robes, des chapeaux, qu'on travaille son contralto, qu'on invente des fusées pour aller là-haut, c'est qu'on habite dans un autre monde. Invisible. On vit sur une autre planète. Pas toujours hospitalière. Qui nous pose bien des problèmes, nous promet des joies puis nous les confisque. On va de hauts très hauts en bas très bas. Une vie secrète qu'on ne peut pas partager. Ou qu'avec de rares personnes. Mais, en même temps, il nous faut vivre sur Terre. On compose donc. On fait semblant.

Résultat : on ne sait plus comment se comporter et, parfois même, on ne sait plus qui on est. On tangue, on vacille, on balbutie des banalités qui sonnent comme des clichés et nous affligent. Il nous faut présenter une belle figure. Sourire. Alors oui ! On apprend à faire semblant. À répondre par une phrase automatique, à opiner, à s'exclamer. Ça sonne faux, on voudrait se boucher les oreilles. On se dit qu'on doit avoir l'air simplet ou prétentieux ou… bizarre. On aimerait pouvoir dire : « Soyez indulgent. Faites-moi un clin d'œil et laissez-moi habiter ailleurs. » Mais on n'ose pas (c'est trop difficile à expliquer), alors on reste empoté au milieu de gens bien carrés, bien campés qui vous obligent à jouer le jeu et on dépérit.

Glenn Gould disait : « Je ne connais pas la proportion exacte, mais j'ai toujours pensé que pour chaque heure passée en compagnie d'êtres humains, il fallait *x* heures passées seul. Ce qu'est ce *x*, je l'ignore, deux heures et sept huitièmes ou sept heures et deux huitièmes,

mais c'est une quantité considérable ». Glenn Gould finit par vivre seul, reclus, n'admettant que quelques rares personnes dans son intimité. A-t-on envie de vivre dans une tanière, de devenir ermite ?
That's the question…

12 mai :
Et puis il y a Boy… il a reniflé que j'étais « partie ailleurs ».
Dans une autre histoire dont il ne connaît pas les personnages. J'allais reprendre mes horaires de travail. Il lui faudrait s'adapter.

Il a changé de vitesse. Est passé au point mort. S'enroule à mes pieds dès que je m'assieds à mon bureau. Guette l'intrus qui viendrait me déranger. Circonspect : « Interdiction de l'approcher, elle travaille ! », généreux : « Prends ton temps, on ira se promener quand l'heure aura sonné », attentif au moindre ralentissement de mes doigts sur le clavier : « Ça y est ? T'as fini ?

On y va ? » Il attend que je referme l'ordinateur, s'étire, frétille, va chercher sa laisse et réclame sa promenade. Les bêtes (qui ne savent pas parler) savent si bien s'exprimer. Il suffit de se pencher vers eux et de lire dans leurs yeux. Pas besoin de traducteur.
Boy a une manière de s'éloigner quand je le repousse (les doigts sur le clavier) qui ressemble à la démarche de John Wayne, cow-boy solitaire dans les plaines du western. Il chaloupe, tête dans les épaules, roule de l'encolure, l'oreille basse, la queue entre les pattes, dégoûté d'être si mal traité. Hier (nous étions en Normandie), juste avant le coucher du soleil, ses aboiements douloureux m'ont attirée dans le jardin vers un bosquet d'hortensias où un chardon bleu et charnu s'était niché dans ses narines. Il soufflait, soufflait pour expulser l'intrus. Secouait les fleurs, les feuilles. Mordait les tiges. Tentant de comprendre d'où venait ce mal qui le torturait. Je me suis agenouillée à ses côtés. Il m'a lancé un regard brouillé de désarroi : « Pourquoi ? Pour-

quoi ? » J'ai fouillé dans les poils, les oreilles, les narines, ai réussi à extirper la boule hérissée de picots Velcro. Il s'est laissé faire, immobile. M'a léché les doigts quand je lui ai montré la cause de ses tourments. Et lorsque 19 heures ont sonné au clocher de l'église normande, il m'a regardée en disant : « Ah ! ah ! à mon tour, maintenant ! On va se promener ! »

14 mai :

Le mur de mon bureau se remplit de feuilles jaunes.

Personnages, décors, phrases qui jaillissent dans le désordre et finissent scotchés sur le mur. Je me nourris de tout. Vivre l'œil et l'oreille pointus. En relevant des indices. Tout marquer : les bonnes et les fausses pistes. Si je ne marque pas, je risque de laisser passer des « divins détails », ceux qui font naître des images, véritables boussoles du récit – signe que l'histoire s'incarne, prend vie. Tel un fœtus qui grandit dans le ventre de sa mère. La gestation commence. Elle va durer longtemps.

Tout ce temps où je vais être tiraillée entre « mon histoire » et la vie de tous les jours. Pas le choix. Écartelée entre deux mondes.

Apprendre à compartimenter. Se fixer des horaires. Avoir toujours un petit cahier où tout écrire pour l'afficher ensuite sur le mur. J'ai trouvé quelques noms, prénoms. Des silhouettes apparaissent. S'enfuient, reviennent. C'est bon signe, elles vont donc servir. À quoi ? Je ne sais pas. Attendre. Ne pas se précipiter.
Mon héroïne ? Elle s'appellera Sophie. Pourquoi ? Je ne sais pas. Elle est grande, blonde, un nez un peu long, efflanquée, son cœur bat très fort, bien que plein de trous. Ce qui lui est arrivé ? Je l'ignore. Patience, je vais l'apprendre. Elle se tient dans l'embrasure d'une porte. Immobile et muette. Une première scène s'esquisse. Pas mal du tout, je me dis. Elle installe une atmosphère. Restera-t-elle ? J'avance à tâtons.
Hier soir, j'ai dîné avec une amie. Elle connaît l'univers du roman, les écrivains, leurs humeurs,

leurs sauts en l'air, leurs sauts par terre. Leurs airs téméraires et leur manque de confiance en soi. Elle m'a demandé de lui décrire Sophie. Sa taille, sa dégaine, ses cheveux, ses yeux, sa bouche, son âge. Je lui ai livré ce que je savais. Et puis, elle a demandé : « Et ses oreilles ? Elles sont comment ? », « Ses oreilles ? », « C'est important, les oreilles ! », « Vraiment ? », elle m'a assuré que oui. « Elle peut être sourde ou ne pas entendre très bien et ça change tout. » Je suis restée coite. Encore une énigme !

16 mai :

... Elle est sortie de l'embrasure de la porte où elle se cachait depuis des semaines. Qui ? Sophie. Elle s'est avancée. Mince, longue, cheveux châtains qui tombent en mèches ondulées sur des épaules étroites, yeux bleu turquin, front haut, long cou, une manière de vous regarder en penchant la tête comme si elle allait vous poser une question très sérieuse.

« Ah ! Bonjour ! Je vous attendais... je croyais que vous étiez blonde », « Vous êtes déçue ? », « Non. Vous êtes intrigante, belle », « Pas du tout, j'ai un long nez busqué qui pique en avant en plein milieu de la figure », « Comme tous les nez ! », « Oui, mais le mien ne passe pas inaperçu », « C'est vrai, mais réfléchissez : il prend la place que vous lui donnez... Si vous l'ignoriez, vous ne le verriez plus, vous le planteriez au milieu du visage et le brandiriez tel un étendard ! », « Comme Cyrano ? », « Vous exagérez, il n'est pas laid, votre nez, il a de l'allure », « Si seulement... », elle soupire. Elle a baissé la tête, ses cheveux ont roulé en avant pour cacher son nez. « Vous êtes comme beaucoup de femmes, vous ne voyez que vos défauts... », « Elles sont comme ça, les femmes ? », « Oui. Elles n'ont pas confiance en elles. Pas toutes, mais beaucoup. Elles se trouvent toujours un défaut, elles l'agrandissent et ça devient tragique. Peau moche, nez moche, yeux enfoncés, trop grosse, cellulite, cheveu maigre, grandes dents, et puis… le défaut suprême, « pas assez », « Pas assez quoi ? », « Pas assez intelligente, drôle, brillante, cultivée… », « Vous les connaissez bien ! », « J'ai appris en les observant ». Elle sourit. Pas d'un sourire publicité pour dentifrice. Un vrai qui parle d'elle. « Alors, on va passer du temps ensemble ? » elle dit en relevant la tête, « Oui », « Que va-t-il m'arriver ? », « Je n'ai encore qu'une idée un peu floue, mais têtue… un peu folle aussi », « Folle comment ? », « Vous verrez, il faut que je la travaille, mais je sais déjà que vous aimez les livres », « Oh oui ! » elle crie presque en rejetant la tête en arrière. « Et que vous êtes curieuse… », « C'est pas faux », « Alors on y va ? », « D'accord… »

C'était notre première rencontre et je crois bien que nous étions très émues toutes les deux.

20 mai :

Sur la plage en Normandie, je ramasse un galet en forme de long nez. Une « oblongue capsule »,

dirait Rostand. Le nez de Sophie. Clic-clac ! Je vais le lui montrer.
Je lui parlerai de Barbra Streisand, Meryl Streep, Camille Cottin, Rossy de Palma. Des femmes belles, libres, bien calées sur leurs pieds qui ne se laissent pas mener par le bout… du nez. Elles ont accueilli leur appendice, l'ont apprivoisé. Il leur a donné une personnalité. Quand on accepte sa différence (quelle qu'elle soit), on gagne un combat. « Je suis comme ça et si ça ne vous plaît pas, tant pis ! Je garde mon nez et m'en vais. Mais surtout, ne me demandez pas de le raboter. » Je lui montrerai aussi les femmes qu'a peintes Modigliani, leur long cou, leur long nez, leur sensualité.

On commence à dialoguer, Sophie et moi. Une lettre (pour elle) est arrivée dans ma tête, la nuit dernière. Je dormais, elle m'a réveillée. J'ai allumé et j'ai tout noté. Je ne sais pas si je la lui montrerai. Pas tout de suite, du moins. C'est très intime. Les mots (en anglais) sonnent fort, terribles aussi. Je vous traduis : « Je vis ma vie, tu vis ta vie. Je ne vis pas pour toi, tu n'es pas à mon service. Tu es toi, je suis moi, et si, par chance, on se rencontre, alors ce sera le plus grand bonheur du monde. Sinon… tant pis ! »

Je ne sais pas qui lui a envoyé cette lettre. Je vais faire une enquête. Une deuxième scène s'est annoncée (je la mettrai peut-être avant la première que j'ai déjà, je ne sais pas encore). Pas en entier, mais un morceau. Un morceau capital car il contient un détail (dans un dialogue), qui fait passer une information très importante (oh ! que j'ai hâte de l'écrire mais je dois attendre, d'autres fils vont venir…). Elmore Leonard (écrivain américain au style pistolet) disait : « Si vous voulez donner une information, faites-le dans un dialogue. »
Je ne vais pas m'en priver, monsieur Leonard…

26 mai :
Ça commence au petit déjeuner. Je rumine, je tartine, je caféine. Une douche et hop ! au boulot.

Une semaine que je tourne autour de Sophie. Elle ne m'aide pas beaucoup. Elle ne parle pas. C'est normal, on commence juste à faire connaissance et elle n'est pas bavarde. Elle semble enfoncée dans un malaise, un silence qui s'est refermé sur elle comme la porte d'une prison. En revanche, je tiens ma première scène : un dîner où Sophie annonce à sa mère qu'elle s'en va. Elle quitte la maison familiale où elle s'est réfugiée après s'être séparée de son amour (amant, mari ?). Que s'est-il passé ? L'a-t-il abandonnée ? Le fuit-elle ? Je ne sais pas, mais il y a eu un drame. Quel âge a-t-elle ? A-t-elle des enfants ? Je l'ignore aussi.

En revanche, j'ai fait connaissance de sa mère, une femme autoritaire, étouffante. Le père ? Je ne le connais pas encore. Est-il présent ? Vivant ou mort ? Mystère. D'autres personnages se sont présentés : tante Louise, une Américaine originale, belle et forte femme, qui a épousé Maurice, un brave homme, un peu dépassé par la personnalité de sa femme. Maurice est le frère de la mère de Sophie. Maurice et Louise sont donc l'oncle et la tante de Sophie. Sophie va aller se réfugier chez sa tante en province. Une ville, un bourg, un village ? Je ne sais pas. C'est là qu'il va se passer... « des choses ». Je dis « des choses » parce que je ne sais pas encore très bien. J'ai une idée, mais... à creuser. La maison sera un personnage important. Le village ou le bourg aussi. J'organise le décor, le ballet de personnages secondaires (plus faciles à camper), les intrigues...

Je me suis tellement frotté les yeux sur mon écran d'ordinateur que je me les suis crevés. De longues traînées de pus me bouchent la vue. Mon ophtalmo (appelée au secours) m'a interdit l'écran pendant une semaine. « Je peux pas ! Suis en train de lancer mon histoire ! », « Eh bien... écrivez à la main. » Alors, les yeux bandés de compresses, louchant sur le côté, je prends des notes sur des gros blocs à spirale. Je râle, je m'impatiente. Ah ! quand la réalité vient ralentir l'imaginaire galopant, c'est bien contrariant...

28 mai :

Retour à Paris.

Que fait un écrivain qui n'écrit pas ? R-I-E-N. Quatre lettres assassines qui le convainquent de son inutilité. Il erre tout mou, tout perdu. Tout colère aussi. Il se fustige. Se demande à quoi il sert. Il marche dans les champs, les rues, les allées de supermarchés, cueillant un indice, une odeur, une couleur, cherchant le terme exact à poser sur le vert rosé d'une salade ou le marron sale d'une semelle. Tatillon sur le choix du mot. En jette dix avant de trouver le bon. Pousse un soupir quand il a trouvé. Un éclair le traverse. Joie, enfin ! et il reprend sa marche. Suit son chien, attend qu'il ait fini de renifler chaque trace, envie la passion qui l'habite.

Boy a une vie exaltante puisque chaque brin de verdure ou flaque de pipi le met en transe.

Lui raconte une histoire, lui présente un ami ou un adversaire. Il se penche, la nuque raide, les pattes scellées au sol, renifle, se fige, réfléchit et choisit de lever la patte avec puissance ou parcimonie. À la force du jet, je suppute le degré d'empathie ou de mépris que lui inspire le collègue chien passé avant lui. Nous reprenons notre route. Allons attendre sous un Abribus. Observer les gens qui s'apprêtent à voyager à travers Paris. La dame pressée qui sautille en fixant l'horizon, râlant contre l'autobus trop lent, le retraité placide qui se voûte, l'ado en trottinette un casque sur la tête, le bébé en poussette... Trouver une expression pour chacun. Le bus arrive. Les gens descendent, montent. Pas nous. Boy a compris qu'on ne voyagerait pas. On est là pour passer le temps. L'user avant que mes yeux usés puissent se poser sur un écran, que les idées, les personnages reviennent.

Je ne sais pas écrire en dictant à un appareil, je ne sais pas écrire sur du papier, il me faut VOIR jaillir les mots sur un écran pour que la fête éclate. Il y a des écrivains qui ont besoin de thé, de chocolat, de vin rouge ou blanc, de drogue douce ou forte ; moi, il me faut le bruit, l'arrondi, le moelleux des touches de mon Mac. Mais bientôt, bientôt, je gambaderai, heureuse, assise à mon bureau et Boy attendra, ronchon, que j'aie fini ma page…

30 mai :

J'ai retrouvé l'usage de mes yeux, de mes jambes, de mes pieds, de mon sourire qui s'était coincé en grimace. Je gambade, étonnée que tout fonctionne à nouveau. Je ne marche plus à tâtons, cligne encore un peu de l'œil gauche tel un vieux pirate éborgné, ai rouvert mon ordinateur, et tapote, gaie comme une pinsonne, sur les touches noires et blanches du clavier. Je me fais l'effet d'une pouliche qu'aucun cavalier n'a encore maîtrisée. Je galope dans le paddock. Je rue, je m'ébroue. Tralalalalère…
Mon cahier noir est là, les notes prises pendant mes jours d'abstinence aussi. Sophie se fait toujours désirer et résiste aux coups de boutoir

que je donne pour percer son armure et connaître son secret. C'est une coriace. Déjà, dans la première scène, elle m'a paru bien décidée même si j'ai décelé des faiblesses, des failles. Tant pis ! je finirai bien par savoir ce qu'elle cache. Tant mieux aussi… elle prend de l'épaisseur en se taisant.

En attendant, je me suis déportée vers un autre personnage. Une femme plus âgée qui va lui servir de refuge, de mentor, de boussole. Je pourrais l'appeler Louise ou Cornelia ou… Je ne sais pas. Je prends des notes pour en savoir plus sur son activité. Trouver des détails pour l'incarner. J'ai toujours aimé les vieilles dames indignes qui ne renoncent jamais. Elles paraissent si jeunes ! Elles ont fait des bêtises et n'en rougissent pas. Juste un haussement d'épaules pour excuser une erreur de parcours. Elles ont vécu à tort et à travers et ont toujours repris pied. Cette Louise, Cornelia ou autre, me plaît beaucoup. Elle a surgi un soir où je reposais, les yeux mi-clos. Je l'ai tout de suite invitée à entrer dans l'histoire. Elle me rappelle Louise Brooks que j'avais rencontrée dans son appartement à Rochester ou Elizabeth, ma jeune amie de quatre-vingt-deux ans qui vit à Brooklyn et m'a raconté sa vie échevelée sans culpabiliser ni se morigéner. Je les aime, ces dames-là. Elles disent, sans le mentionner, que la jeunesse n'appartient pas aux visages bien lisses ou aux corps déliés, mais aux âmes qui restent fraîches et capables de s'ébrouer. Liberté ! Liberté chérie !

2 juin :

Sophie, mon héroïne, restant toujours muette, je parle avec Cornelia (c'est décidé ! Elle s'appellera Cornelia). Mon personnage de « vieille dame indigne » prend de la place. Beaucoup de place. Et me reviennent des souvenirs d'autres « dames indignes ». Rencontrées par hasard. Lors d'un trajet en bus, d'une place côte à côte dans un café, un cinéma, un dîner où elles se tenaient bien droites, des étincelles dans les yeux. Leur force, leur appétit de vivre, leur refus d'être considérées comme des cartes Vermeil, m'enchantaient.

Ma dame indigne a choisi de s'appeler Cornelia par amour pour Corneille et pour la littérature. Elle est américaine, mais vit en France. Elle a la dégaine, l'indépendance d'esprit de mon amie Elizabeth et d'une autre grande dame que j'ai rencontrée à Rochester (au nord de l'État de New York) dans les années 1980. Louise Brooks. Je vous en ai déjà parlé. Son souvenir ne m'a jamais quittée. Vous allez dire que je radote ? Mais on radote toujours les rencontres qui nous ont marqués.

Louise Brooks avait été l'égérie du cinéma muet. L'héroïne des films de G.W. Pabst. La fameuse Loulou. « La plus grande actrice du cinéma muet n'est ni Greta Garbo ni Marlene Dietrich, mais Louise Brooks », déclarait Henri Langlois, fondateur de la Cinémathèque française.

J'étais venue l'interviewer pour le journal *Elle*. Je l'avais traquée pendant un an, avais fait mille enquêtes, parlé à des dizaines de gens. En France et aux États-Unis. Je vivais alors à New York. Je voulais à tout prix la rencontrer puisqu'elle était toujours vivante. Savoir où elle habitait, comment elle vivait. Parler avec elle de l'empreinte qu'elle avait laissée dans l'esprit et le cœur des gens qui l'avaient vue sur grand écran et n'arrivaient pas à l'oublier.

J'avais fini par la trouver. Dans cette petite ville de Rochester qui ressemblait à Vesoul (pas loin de la frontière canadienne, dans le nord de l'État de New York). Elle habitait au second étage d'un immeuble modeste. Un vieux lino jaune au sol, des meubles bancals. Elle m'avait reçue dans son lit, ne pouvant plus se déplacer à cause d'un emphysème tenace. Elle vivotait grâce à une petite rente que d'anciens amants lui avaient constituée dans les années 1960 en mémoire de leur passion pour elle. Revenu jamais revalorisé.

Chaque année lui enlevait un peu de « pouvoir d'achat ». Elle devait se contenter d'un sandwich au beurre de cacahuète par jour. Elle m'avait d'abord considérée avec méfiance, et puis nous étions devenues amies.

Chaque mois, j'allais passer un week-end avec elle. Lui donnais un bain, lui lavais les cheveux. Elle me parlait de ses années passées, de ses amants (nombreux), de sa passion pour Charlie Chaplin, de sa nuit d'amour avec Greta Garbo. Elle me racontait sa vie ou plutôt comment la vie l'avait bâillonnée. Rebelle dans un monde où les hommes régnaient en brutes, elle avait refusé d'obéir, précipitant sa chute.

De retour à New York, je devais l'appeler tous les jours à 14 heures 15 précises. Lui détailler mes journées, mes soirées, qui j'avais rencontré, est-ce que j'étais rentrée seule ou accompagnée, et comment on utilise les Tampax ? Est-ce qu'on les garde tout le temps ou faut-il les changer souvent ? Je riais. Elle insistait. Elle voulait tout savoir.

Voilà comment naît un personnage. Comme un gros millefeuille où chaque souvenir, chaque rencontre, déposent une couche de beurre, de sucre, de vanille, où tout finit par se fondre en un délicieux gâteau : LE personnage qui prend son indépendance et ne ressemble à aucun de ses modèles.

5 juin :
Proust disait en parlant de *Jean Santeuil* : « Ce livre n'a jamais été fait. Il a été récolté. » Puisque Sophie ne me parle toujours pas, qu'elle reste plantée face à moi, les bras croisés, je claque la porte et je m'en vais « récolter » des couches et des couches pour mon millefeuille Cornelia. Je rencontre des femmes d'un âge certain. Je les fais parler, je ramasse des brindilles, des anecdotes, je construis le personnage de Cornelia qui, elle, m'ouvre grand les bras.

Ces femmes ont eu des vies d'autos-tamponneuses. Des chocs, des éclairs, des joies, des échecs, mais jamais elles n'ont lâché le volant, ont toujours remis des jetons dans la machine. Bien sûr, elles sont un peu cabossées, mais elles rayonnent. Et je reconnais, émerveillée, la force cachée des femmes. Elles parlent de folie, de fantaisie, de chance, et ne s'attribuent aucun mérite. On leur avait appris à se taire, à se couler dans un moule, à ressembler à une belle image. Ç'aurait été plus facile, sur l'instant, mais cela les aurait réduites à petit feu. Les aurait ligotées, figées dans un rôle. Elles auraient renoncé et se seraient éteintes. Sans bruit. Bien sûr, c'est en train de changer. La parole des femmes se libère. Elles revendiquent, osent. Mais que c'est dur encore !

Et le souvenir de Louise Brooks revient encore. Elle m'avait montré une lettre de W.G. Pabst, le grand metteur en scène qui l'avait révélée. Il écrivait : « Louise, vous n'êtes pas une actrice. Vous êtes une grande actrice. » Elle brandissait cette lettre en répétant : « Tu vois, je ne suis pas une actrice. » J'insistais : « Mais lis la seconde phrase ! Tu es une GRANDE actrice. » Elle refusait de m'entendre.

Elle avait écrit son autobiographie (avant de la jeter au feu !), et l'avait intitulée *The Making of a Little Shit* [*La Fabrication d'une petite merde*]. À ses yeux, elle avait échoué. Elle n'avait pas su jouer le jeu. C'était sa faute si elle se retrouvait piégée dans son logis au lino jaune sale. Elle ignorait qu'elle avait crevé l'écran, influencé des générations de filles qui voudraient plus tard lui ressembler, se réchauffer à la liberté qui brûlait en elle…

7 juin :

Retour à Paris.
Hier soir, Sophie m'a parlé. Elle s'est avancée, a murmuré : « J'ai fait un rêve… »

J'étais au théâtre. Une très belle pièce de Thomas Bernhard, *Oui*, quand elle a surgi. Tel

un fantôme. Était-ce la détresse du personnage féminin sur scène qui, soudain, lui arrachait le courage de prendre la parole ? Elle m'a chuchoté : « Je suis comme elle, captive d'un passé, engluée dans un silence intérieur, je ne veux pas mourir. » Sa voix était blanche, étouffée. J'ai tendu l'oreille et j'ai reçu toute sa souffrance.
Une fenêtre dans ma tête s'est ouverte. Je savais ! Je savais ! Sophie aussi était prisonnière, Sophie aussi n'avait plus la force de se débattre. L'héroïne de Thomas Bernhard lui ressemblait. Son silence n'était pas feint, ce n'était pas une ruse, une coquetterie, mais un empêchement. J'ai eu envie de la prendre dans mes bras, de la consoler. « Parle-moi, Sophie, parle-moi. Je partirai à la recherche des racines de ta douleur, je te sortirai de ton marécage. » Mais elle avait disparu.

J'ai quitté le théâtre, heureuse, légère. J'étais chargée de mission. Je ne piétinais plus. J'avais touché au cœur du cœur de Sophie. Je me suis félicitée d'avoir été patiente. De ne m'être pas énervée.

Le lendemain, nous sommes allées avec mon amie Chloé traîner dans les rues du Marais, rue de Turenne, rue de Bretagne. Nous avons regardé passer les gens, assises à la terrasse d'un café. Je lui ai raconté mes recherches, Cornelia, Sophie, les autres personnages qui se dessinaient, plus faciles à saisir. Elle m'écoutait sans me bousculer avec des questions qui auraient fêlé l'instant de grâce. Chloé sait si bien écouter. Il faisait beau, presque trop chaud. Les glaçons fondaient dans nos verres. Je jouais avec ma paille. Je mettais mes idées en ordre. Je n'étais plus à la terrasse d'un café parisien, mais dans le secret de mon roman en chantier.

9 juin :

Normandie. Je suis à mon bureau et j'écris. Ou plutôt je griffonne, colle des ailes à mes mots (ou les arrache), fixe l'écran de mon ordi. Fais des petits dessins sur un bloc à spirale, note les idées qui passent avant de les verser (ou pas) dans le roman qui s'écrit.

Boy dort au soleil. Puis à l'ombre. Puis au soleil. Et ainsi de suite. Répandu au sol tel un chiffon, les yeux clos. Ne pas se fier à sa douce somnolence. Il veille. Je me lève, il ouvre un œil. Mesure la distance que je parcours. Décide s'il doit se dresser ou pas selon mon trajet. Et la direction. Si je me dirige vers la porte, il s'ébroue : « Promenade ? » Si je tournicote dans la maison, il referme l'œil. « Elle a encore oublié quelque chose ! Son bloc à spirale ? Le cahier noir ? Le goût d'un café ? Elle reviendra s'asseoir. » Boy est un chien réfléchi. Il ne se déploie que si l'effort est récompensé. Mais qu'un promeneur égaré passe par le sentier, alors il s'élance, aboie, gardien de ma sécurité. « Ne la dérangez pas. Elle écrit. Hier, elle a eu une idée. Son visage s'est illuminé, elle a bondi. Comment lui viennent ces idées ? Je ne sais pas, mais je sais, roulé à ses pieds, quand elle s'anime, fébrile. Elle a mis la main sur un détail, le pèse, le tourne, le retourne, le pose, le reprend. Décide de son importance, le renvoie à plus tard ou le jette à la poubelle. Je ne sais pas ce qu'elle fourgonne dans sa tête, mais je l'entends ruminer. »

Midi sonne au clocher. Le jardin est vert de tous les verts. Barbara chante dans le salon. Boy a raison. Hier, j'ai trouvé un détail qui m'a semblé croustillant, riche de développements. Pour qui ? Pour l'homme de Sophie. Vous vous souvenez ? Celui qui écrivait : « Je vis ma vie, tu vis ta vie. Je ne vis pas pour toi, tu n'es pas à mon service. Tu es toi, je suis moi. » Un homme indépendant, solide, qui ne voulait pas se faire passer une laisse autour du cou. Comment est-il tombé dans ma tête, ce détail ? Je l'ai entendu à la radio ? Dans une conversation ? Un bout d'article de journal ? Tu vois, Boy, je ne tournicote pas sans raison. Je construis, dans une apparente flânerie, mon histoire. Il va me falloir encore des centaines de détails comme celui-ci pour que mon édifice tienne debout et ne branle pas…

15 juin :

Heureusement il y a le vert des champs de lin piqués de coquelicots, la tourte aux pommes de la boulangère, le poulet mariné de l'excellent boucher, une copine qui débouche un parfum et me le fait respirer, la mer qui sème l'écume sur la plage, les oiseaux qui se parlent, échangeant des tuyaux pour fabriquer un nid parfait, et un ami si sage qui me raconte les convulsions obligatoires de l'histoire. Et la musique. Un pianiste inconnu, enchanteur, surpris sur France Musique : Egon Petri. Et les livres !

Ce matin, toute chiffonnée, j'ai ouvert un recueil de poèmes de Verlaine qui traînait sur la table de la cuisine, pas loin de *La Correspondance* de Flaubert et d'une pièce de théâtre de Dostoïevski. (Je pose les livres n'importe où, au cas où j'aurais besoin d'un immédiat réconfort, ce sont mes défibrillateurs.) Le recueil s'appelle *Poèmes saturniens*. Je l'ai ouvert au hasard, promis juré ! J'avais le cœur enfoncé dans les talons et j'ai lu.

Un sourire ébloui m'a remonté les commissures des lèvres. Je vous cite les quatre premiers vers :
« Il est grave : il est maire et père de famille.
Son faux col engloutit son oreille. Ses yeux
Dans un rêve sans fin flottent insoucieux.
Et le printemps en fleur sur ses pantoufles brille. »

Le poème a versé du miel sur mes chagrins brouillons. Fin, délicat, mordant, il s'appelle « Monsieur Prudhomme ». Il dépeint la noirceur de l'homme, son indifférence aux autres, son avidité cannibale, avec des détails qui étranglent de joie. Je l'ai lu à Boy dans le petit parc voisin de la maison. Il s'est blotti contre moi, s'est laissé tomber de tout son poids, confiant. Heureux canin qui ignore tout de la bêtise intrépide des hommes…

16 juin :

Hier, on a fait la fête.

Dans les Caves du Louvre, 52, rue de l'Arbre-sec, à Paris. Avec l'équipe du Livre de Poche, d'Albin Michel, des amis, des lectrices, des lecteurs. On

a célébré *La mariée portait des bottes jaunes*, sa sortie en édition de poche, celle qu'on transporte partout avec soi tel un talisman.
On n'est plus jamais fragile quand on a un livre dans sa veste, dans son blouson, dans le long manteau qui bat les chevilles. Plus inconsolable puisque le livre mijote dans la poche et nous délivre des pensées noires qui nous encombrent. Tout doux, tout souple, il caresse la main qui le feuillette. La fabrication des livres de poche a fait de gros progrès : le papier n'est plus raide, sec, cassant si on l'ouvre trop fort. Il est devenu un « doudou » qui caresse nos joues si on s'endort avec. Il a conquis ses lettres de noblesse. On l'habille d'une belle couverture, on le colore, on soigne l'encre des lettres qui, bien visibles, ne nous torturent plus l'œil. Ce n'est plus une punition de lire un poche, c'est une récréation.
Hier soir, on a bu du champagne, on a goûté des vins de Bordeaux, du blanc, du rouge. On s'est réchauffé l'humeur dans des caves qui avaient été aménagées autrefois pour le bon

plaisir du roi Louis XV (un débauché qui avait besoin de beaucoup d'alcool pour ses soirées. Un souterrain secret reliait les caves au palais du Louvre où bambochait le roi. La construction de la première ligne de métro en 1898 l'éventra. Finies, la royauté et les fêtes libertines !).

On a oublié l'actualité quelques heures. Rodin disait : « Ne nous occupons pas du mal, nous ne le comprenons pas. Occupons-nous du bien, du beau, cultivons la joie. La joie amène la paix. » Alors on a bu à la santé de Rodin et de tous ceux qui portent en eux la beauté. Et la joie. Il suffit parfois de presque rien pour teindre la vie d'espoir. Un geste, un sourire, un chapelet de mots, une palette de couleurs, des notes qui chantent, et la vie s'embellit…

21 juin :

… Et je m'en vais, ramassant des détails pour mon roman qui grossit telle une dodue pintade. L'oreille et l'œil à l'affût, je cueille des réflexions, des élans ou des chutes. « Chaque brin d'histoire, chaque bout de conversation, chaque incident est du matériel brut pour moi », disait Sylvia Plath, écrivaine et poétesse américaine, qui mourut à trente et un ans de trop de désespoir, après avoir écrit des pages éblouissantes qui ne la consolèrent jamais.

Récolte au hasard des rues, des métros, des rencontres, d'images jaillies d'un film, saisies sur le vif que je reporte sur mon carnet noir, mon cahier rouge ou sur les fiches au mur de mon bureau. Bientôt, je transporterai « mon mur de travail » en Normandie. Il débordera sur un autre mur, tombera dans les pages du livre en chantier, se faufilera dans un dialogue, précipitera une séquence, en ouvrira une autre.

Écrire, c'est vivre un long suspense. Être tenu en haleine par sa propre imagination, ses propres personnages, assister à leur éclosion, leur prise d'indépendance, leur abandonner les rênes du récit et les suivre en scribe obéissant. Écrire, c'est échapper à l'actualité qui laisse pantelant, désemparé, impuissant. Appliquer le sage conseil de Flaubert ? « Ne t'occupe de rien que de toi. Laissons l'Empire marcher, fermons notre porte, montons au plus haut de notre tour d'ivoire sur la dernière marche, le plus près du ciel. Il y fait froid quelquefois, n'est-ce pas ? Mais qu'importe ! On voit les étoiles briller clair et l'on n'entend plus les dindons. »

En ce moment, les glougloutements des dindons blessent nos âmes, mais Gustave a raison. Montons au plus près du ciel, asseyons-nous sur la plus haute marche, lisons Colette, Balzac, Carson McCullers, Flannery O'Connor, Tolstoï, Tchekhov, écoutons Schubert, Schumann, Mozart, Beethoven, noyons-nous dans les tableaux de Caillebotte ou d'un autre… Hissons-nous au-dessus des dindons, courons retrouver les vaches normandes qui paissent dans les prés !

Bon… d'accord, j'ai un peu triché en publiant ces textes. J'en ai rallongé certains, coupé d'autres. J'ai échappé à la tyrannie des 2 200 signes. Fait un pied de nez aux diktats des réseaux. Refusant d'obéir à des chiffres. Mais je n'en ai pas changé le fond, ni le sens.

Je vous les offre à vous qui m'écrivez souvent, sur Instagram ou sur Facebook : « Pourquoi ne pas publier ces chroniques qui nous enchantent, qui nous emmènent ailleurs, nous donnent des phrases à méditer, du rose dans nos têtes ? Réfléchissez ! »

C'est une amie éditrice qui m'a poussée à le faire. Merci à toi, Cécile, qui as eu la première l'idée généreuse d'en faire un livre que tu ne publierais pas dans ta propre maison d'édition… Quelle élégance !

Merci à Anna, Gilles, Francis… des éditions Albin Michel qui ont sauté sur l'idée.
Merci à Chloé, que j'appelle « ma moitié de cerveau ». Brillante et toujours juste. Chloé qui me suit partout et claque des photos.
Merci à Charlotte, qui me fait rebondir par ses réflexions et sait « attraper l'instant » par des photos sur son téléphone, mine de rien ! Merci à Pascale aussi, pour la même attention pointilleuse qui fige un instant qui devient avec elle… unique.
Enfin, merci à toi, Véronique, ma merveilleuse éditrice, toi qui écris des romans magnifiques dont je suis l'absolue fan (que tu signes de ton nom entier, Véronique Ovaldé). Tu as pris le temps de te pencher sur mes « petits textes », de les lire, les relire, de me signaler les petits défauts qui pouvaient enrayer la merveilleuse mécanique de l'écriture…
Merci, merci !

VOS NOTES DE VOYAGE

VOS NOTES DE VOYAGE

VOS NOTES DE VOYAGE

VOS NOTES DE VOYAGE

VOS NOTES DE VOYAGE

VOS NOTES DE VOYAGE

VOS NOTES DE VOYAGE

VOS NOTES DE VOYAGE

DE LA MÊME AUTEURE

Aux Éditions Albin Michel

J'ÉTAIS LÀ AVANT, 1999.

ET MONTER LENTEMENT DANS UN IMMENSE AMOUR..., 2001.

UN HOMME À DISTANCE, 2002.

EMBRASSEZ-MOI, 2003.

LES YEUX JAUNES DES CROCODILES, 2006.

LA VALSE LENTE DES TORTUES, 2008.

LES ÉCUREUILS DE CENTRAL PARK SONT TRISTES LE LUNDI, 2010.

MUCHACHAS 1, 2 et 3, 2014.

TROIS BAISERS, 2017.

BED BUG, 2019.

EUGÈNE ET MOI, 2020.

LA MARIÉE PORTAIT DES BOTTES JAUNES, 2023.

Chez d'autres éditeurs

MOI D'ABORD, Le Seuil, 1979.

LA BARBARE, Le Seuil, 1981.

SCARLETT, SI POSSIBLE, Le Seuil, 1985.

LES HOMMES CRUELS NE COURENT PAS LES RUES, Le Seuil, 1990.

VU DE L'EXTÉRIEUR, Le Seuil, 1993.

UNE SI BELLE IMAGE, Le Seuil, 1994.

ENCORE UNE DANSE, Fayard, 1998.

SITE INTERNET : HTTPS://WWW.KATHERINE-PANCOL.COM

FACEBOOK : KATHERINE PANCOL

INSTAGRAM : KATHERINEPANCOLOFFICIEL

Ce livre est imprimé sur un papier
issu de forêts gérées durablement.

Imprimé et façonné en France
chez Pollina s.a. (85400 Luçon) - 51915